INK
文學叢書
366

可恥！我們狂歡吧！新編《十五貫》

王士儀◎著

獻給　李曼瑰先生

我的恩師，台灣現代戲劇教育的奠基者。

半瓶醋亂序

辜懷群

我不能假裝懂得王士儀教授的書法，或當仁不讓地做起他一步一腳印辛苦治學所得出的各類戲劇理論之代言人；但是我能瞭解他一生不肯汲汲名利、展賣書畫、編劇導戲，以致在愈來愈注重表面價值的今天，身負「絕學」，卻不夠「有名」，少有「商機」。我的學問固然跟不上他，但我相信世上像我這樣的人還是有一些的：願意接觸新知，提升內涵，對各種理論的研究即使參悟不透，仍有興趣涉獵。所以我不停地拜託王士儀「賣弄」他的學問，套句現在流行的社群話語：「分享」出去。諸位看了若有興趣，請去文化大學老宿舍裡找王士儀喝茶聊天。他年輕時不曉得自己原來很愛分享，現在知道了（據說是潛讀佛家「破吝法」，茅塞頓開。我不管是什麼法啦！），猶未爲晚。

《可恥！我們狂歡吧！》是王士儀根據自己戲劇研究的心得，解構了清代朱素臣的傳奇《十五貫》①，又將之重構的結果。他自稱是個「典型的理論實踐者」——他要證明理論有用，依據理論是可以「實踐」出一部有內容、有趣味、「能上演」的戲；他更希望有人把這齣戲排出，供大家辯論，那才叫徹底的「實踐」。不過我發現他在重構的過程中，遇見了中西戲劇的「不同」。《十五貫》原是一個戲曲本子，經過西方戲劇理論的耙梳，出來的新作感覺更貼近舞台劇劇本了。這到底是不是王士儀「始料所及」？還是正好又體現了東西方文化或戲劇形式的什麼異同？（看來該我速速去找王士儀喝茶聊天了……）

由衷地敬佩印刻出版社的初安民，肯給這麼一本冷門書問世的機會。王士儀說寫劇是回應美國長江劇團合創及藝術總監陳尹瑩女士對他終生「只搞理論，全無著作」的挑戰。但最主要地，他要以此書紀念他的老師李曼瑰女士。值此我肅立了——若無李曼瑰老師，台灣的當代華文戲劇絕對晚啓蒙四分之一個世紀！這不是理論，也不是戲；是事實。

①原名《雙熊夢》後改爲地方戲曲，叫《十五貫》。

目次

《可恥！我們狂歡吧！》——新編《十五貫》

新傳統主義：創作四元論

（第七屆二〇〇九華文藝術節專題演講／九十八年二月二十四日）

新傳統主義創作論——代序

一、引子

獻醜了，終於改編了一本劇本。我這一生最重要的歲月，全花在學習戲劇與戲劇教學上，但從不曾寫過任何一本劇本。只有李師曼瑰看過我唯一的習作，鼓勵繼續寫下去。在當時研究生中因我修外文故，俞師大綱說我一手擁抱王國維，一手握住亞理斯多德，應該從事比較中西戲劇理論，並指出這是我國戲曲自古以來的弱點。事實上，建立一套理論體系，幾百年、千年來都做不到的事，說來談何容易，不知天高地厚放下創作的熱情，反而盲目的栽進這項見不到底的選擇之中，自甘寂寞，一幌五十年。學習最終的目的，當然是提出創作。回顧這段漫長學習過程中，不是爲什麼不創作。試看西方戲劇傳統何其久長，光是研讀近代西方戲劇，就足以仰慕興嘆，有了點知識了，自覺的感到自己實在沒有這份天分。即使當年有那麼一點犢牛不怕虎的愚勇，的確，當初巴黎的同學，在擺龍門陣時，總認爲我的一些，至少，說出個道理的想法，留在巴黎受到異國的激情，是可能創作成作品的。就是自己有自知之明，所以，膽怯了，哪裡還敢奢求創作出讓人看得下去的劇本。正如況鍾在判案時說：「這隻筆千斤重」，眞的提不起來了，愈拖愈久，壓到失去學習的初衷，況且到了現在這個年紀，連創作的衝動全消失了。一輩子在課堂上說空話；那麼，試一下，改編一本《十五貫》作爲印證自己建立的，也自己相信的這套理論吧！這篇代序分爲三個部分：一是說明爲什麼要改編；一是闡明如何改編。或許這個部分是解釋在台北第七屆（二〇〇九）華文戲劇，我的專題演講〈新傳統主義：創作四元論〉中的這種想法，做出一項實踐理論的補充說明。第三部分是對這個改編結果的自我認知，也是改編的核心理念。

二、從批評到爲什麼改編

天津南開大學主辦「紀念曹禺誕辰一百周年國際學術研討會」，我發表〈爲《原野》辯：新寫實主義析白〉，文中批評這篇巨著的缺點。並無半點詆毀曹老的意思，而是一本一位評論者的職責是對愈高的創作成就提出愈嚴厲的批評，爲的是提供提升下一階段創作高度的基石，也以相同的態度來批評新版《十五貫》。

由陳靜編導的新版《十五貫》，是自一九五六年四月十日到五月二十七日，在北京一地就有七萬多觀眾觀賞了這個新版。其間四月十五日在懷仁堂上演，對一個新編劇目而言，是莫大的榮譽，接著在五月十八日《人民日報》發表〈從「一出戲救活一個劇種」談起〉的社論，這更是破天荒的事。由此可見，新版《十五貫》是具有多麼大的成就。到二〇〇八年聯合國教科文組織（UNESCO）一致通過崑曲爲世界非物質文化遺產，這又是何等的文化殊榮，新版《十五貫》這部必然象徵這份殊榮的代表作品，還需要加以批評嗎？

新版《十五貫》是依清初蘇州朱素臣的《雙熊夢》改編。《雙熊夢》的故事取材於宋朝京本通俗小說《錯斬崔寧》。原本共有二十六折，每（晚）場演出三小時，需要連演四場。其中〈商贈〉、〈殺尤〉、〈皋橋〉、〈審問〉、〈朝審〉、〈男監〉、〈女監〉、〈判斬〉、〈見都〉、〈踏勘〉、〈訪鼠〉、〈測字〉、〈審豁〉等折，在江南早為觀眾所熟知，流行已三百年。新版將原劇濃縮成〈鼠禍〉、〈受嫌〉、〈被冤〉、〈判斬〉、〈見都〉、〈踏勘〉、〈訪鼠〉、〈審鼠〉，共八場一次演完的一台戲。其中〈判斬〉、〈見都〉、〈訪鼠〉、〈測字〉，更是經過崑曲藝人的精心錘煉，實屬崑曲演出精品；台北李寶春、辜懷群再改編成為京劇版，演出的效果，無一場不成功。

本人曾批評《海瑞罷官》，在編劇上是齣不成功的政治劇，沒有人對這個評論提出反駁；但指出陸洪非改編的《天仙配》這齣傳統戲曲也是政治劇時，則遭受到強烈的反彈。當然對新版《十五貫》也有不同的看法，不過一直不曾寫成論述。

二〇〇九年中國藝術研究院戲曲所主辦「中國戲曲理論國際學術研討會」，本人應邀發表〈傳統戲曲符號表演主義：建構戲曲表演特徵體系〉。這個符號表演體系的理論，是建構在崑曲等傳統表演的基礎上。在該會的總結報告中，主持人劉禎所長指稱本文的構想，是論述戲曲表演理論高度，迄今的最高點。換言之，提供何以傳統戲曲表演能成為世界三大表演體系之一的立論基礎。接著再邀擔任講座，由此可知，本人對崑曲表演的重視與推崇，但非指編劇成果。有幸會中聆聽中國戲曲學院周育德前院長發表〈花兒爲什麼這樣紅——說說《十五貫》現象〉專文。他指出崑曲經過俞振飛與傳字輩的努力與實力，在當時正在蓄勢待發，即使沒有新版《十五貫》，而以別的戲，如《牡丹亭》、《長生殿》，未必不能救活崑曲，因爲崑曲已具有被救活的必要條件。但是再好，別的崑曲好戲卻未必能獲得如此高的榮譽，未必會使中共中央機關報《人民日報》發表社論來「談起」。那麼，《十五貫》爲何成爲崑曲花王，憑什麼「花兒爲什麼這樣紅」呢？經過他的考證，就在《十五貫》整理期間，國際共產陣營發生了強烈大地震，即在一九五六年二月二十四日，蘇共「二十大」開幕，次日赫魯曉夫作「秘密報告」，全盤否定了史達林，將他從國際共產運動的領袖、導師和統帥，貶爲暴君、劊子手。這份報告使中國共產黨受到巨大的震動，在「肅反」的過程中，史達林做出一系列的冤案，處決和監禁上千萬名黨員。中共考慮如何從史達林的錯誤中吸取教訓，接著一切的政治措施皆是向這個方向，以防止史達林的濫用大權在中國重演。按改編中的《十五貫》減去《雙熊夢》中熊友蕙與侯三姑一線，只保留熊友蘭與蘇戌娟一線，集中在描述過于執、況鍾、周忱三人處理同一個冤獄案件的不同態度。本劇新版主題凸顯過于執沽名釣譽的官僚主義、主觀主義，周忱怕負責任的草菅人命，而歌頌況鍾的人性化執法、不避風險、深入調查的好官形象，這正是社論「談起」的主題。此後一系列的論述，皆認定毛澤東沒有史達林所犯的「個人崇拜」的錯誤，要求領導走群眾路線，避免主觀主義思想，也就在這般政治背景之下，《十五貫》進了京，正與當時這種特殊的政治氣候一拍即合。在最高領導者的認同下，花兒開的這樣紅（本文不再詳細摘錄）。這篇妙文，不僅先獲我心，更是醍醐灌頂，指明《十五貫》也屬政治劇。黃源整理本劇是否就是執行國務院的指示，我們無從知道，但至少可以說新版《十五貫》是被政治利用而「染」成政治劇了。在明白政治光環之後，再回到本劇看看它的本來面目是什麼？

二〇一一年在澳門舉行第八屆華文戲劇節，第九屆將由浙江接辦。在訊息中，浙江主辦單位將擴大《十五貫》演出，以資慶祝演出六十周年紀念以及舉辦學術研討會。因此，必然在五十多年之後重新檢討這本具有時代意義的劇本，甚至修改成不同演出的版本。那麼，要修改些什麼呢？

一九一四年，Henry Arther Jones（1851-1929）在他的〈布氏《戲劇法則》引論〉（*Introduction to Brunetière's The Law of the Drama*）一文中（此文爲研讀戲劇所熟知，本文不加介紹了），提出只有自覺性行動與非自覺性行動才能造成懸疑（suspense），才能引起觀眾的興趣。自此，視懸疑事件，成爲創造編劇的必要要件。直到Manfred Pfister在他的《戲劇理論與分析》（*The Theory and Analysis of Drama*, 1988），被譽爲是二十世紀最好的一本戲劇理論專書，他爲懸疑下了一則定義：

> 懸疑永遠是在已經存在的緊張元素之間所決定的，其間係在一方面的完全不知，與另一方

面又基於某種程度給予的訊息，預期即將發生的期待。（Pfister, 98）

依據亞理斯多德的情節結構原則，這種懸疑事件必需要安排在行動事件之中，因而本人修正這則定義爲：

這種懸疑事件必須安排在揭發事件與被揭發事件之中，而引起觀眾的興趣。

依此，不論哪個新舊版本的《十五貫》，自〈鼠禍〉（或〈殺尤〉）之後，兇手是誰？如何犯案殺人？台下觀眾一目瞭然。自此以下的情節，如〈疑鼠〉，何必疑；〈訪鼠〉，何必訪；〈測字〉，何必測；〈獵鼠〉，捉來即可，如此等等，有哪一個訊息是觀眾完全不知，又有哪一個是預期即將發生的期待？結果觀眾通通知道，則這種情節結構安排，何來懸疑之有？李漁稱：「古人呼劇本爲傳奇者，……，非奇不傳。」《十五貫》情節發展是觀眾千人皆知，萬人共見，試問有何奇、有何傳之有？由此看來，這三百年的《十五貫》情節，在西方這則定義的檢視下，並無出奇之處，反而更顯得平凡尋常。這可能不僅是《十五貫》情節出了什麼問題，更可能是傳統戲曲結構自古以來的通病。讀戲劇的人，該不該正視這個戲劇形式問題！它是討論戲劇審美的初步。

其次，提出一個戲劇本質問題。希臘悲劇中，亞理斯多德特別推崇Sophocles的*Oedipus*王和Euripides的*Iphigenia in Tauris*這兩個劇本，也可以說是亞氏最喜歡的；同屬複雜情節（本人稱爲：自身交織情節，容下文解說），但何者較優？能提出個客觀的界定準則嗎？

一九三八年馬克斯韋爾・安德森（Maxwell Anderson, 1888-1959）在他的〈悲劇本質〉（*Essence of Tragedy*）一文中，認定發現場景是構成悲劇不可缺少的本質部分。他列舉三類悲劇發現形式：即命運型、人爲技術型與情感型。由於第三類與本文無關，捨而不談。例舉*Oedipus*與*Iphigenia in Tauris*兩劇分別作爲闡述的前兩類。Oedipus王在查尋兇手的過程裡，經過發現事件，結果證明兇手竟然就是自己，這個結果，改變了他的人生，這個生命代價太大了。這是由行動事件本身而構成的悲劇，亞氏說不需要看演出，只要閱讀這個故事，就令人不寒而慄了，因此稱爲命運型發現。在*Iphigenia in Tauris*劇中，抓到兩名希臘人，國王送來殺死祭神。Iphigenia一時想念自己的家人，大發慈悲，選擇殺一個祭神，放一個回去，帶她寫好的一封信給她的弟弟Orestes。結果這兩個希臘人基於道義，Orestes自己留下受死，他的朋友Pylades則送信回故鄉。但是Pylades認爲一旦在海上航行遇到水難，則這封信就被水毀了。所以，他請這位女祭司准他打開信讀一次，至少回家鄉可以說出信的內容。從七百七十一至七百九十七行，是他讀這封信的情況，他讀完之後，就把這封信交給了Orestes，說他已經完成這趟的任務。於是他們姐弟兩人相認，這是一場構成複雜情節非常有名的相認發現事件之場景。但如何證明眼前的這位陌生人，眞的就是她的親弟弟其人呢？Orestes說：

> 現在聽我說一個證據，這是我親自見過的。我家裡Pelops的古劍曾經藏在你的閨房裡，Pelops當日舞著那劍殺死了他的岳父，贏得了那Pisa女郎Hippodamia。（八二四—二九）

接著Iphigenia說：

> 最親愛的啊：不要再說別的了，因爲你眞是我的最親愛的弟弟。（八三〇）

這是何等驚奇的相認了。如果這位陌生人不是Orestes本人，但也知道這件家中的秘密，難道Iphigenia也就相認了嗎？所以，Anderson認爲這兩次相認的發現，皆是出諸劇作家的人爲技巧（artificial device），用現在的語言來說，是聰明人玩文字遊戲，編得技巧再好，也不能與Oedipus王的那種源自行動本身來得震撼人心。依這一學理性說明，輕易的釐清了這個何者較優，長期以來的疑惑。

依據人爲技巧法則，試看《十五貫》中的〈訪鼠〉、〈測字〉，堪稱得上是全劇的精華。請看這折測的是鼠字，況鍾說：

……鼠乃二十四劃，數目成雙，乃屬陰爻；這鼠，又屬陰數。陰中之陰，乃幽海之像。……若沾官司麼，急切的不能明白。

……

鼠乃十二生肖之首，豈不是個惹禍之端嗎？依字上來斷，一定是偷了人家的東西，才造成這樁禍事。……

……你問的是個鼠字，目下正是子月，乃當令之月，只怕是這官司就要明白了。

……

要竄，是一定能竄得出的。只是老鼠生性多疑，若是東猜西想，疑神疑鬼，到那時只怕弄得上下無路，進退兩難，到那時就竄不出了。

不必一一全錄，全折建立在一個鼠字上。如果將婁阿鼠改成婁阿牛，即將折字成牛字，或其他任何生肖，這折還能存在嗎？還能成獵鼠行動的必然基礎嗎？由此證明，這種情節結構是一種人爲技巧的文字遊戲，即使十二生肖每一個皆能編相同效果的測字，充其量也不過展現劇作家的文字才華而已。如果這種文字遊戲說可以採取的話，將婁阿牛成爲全劇主人翁，那麼〈鼠禍〉、〈疑鼠〉、〈訪鼠〉、〈獵鼠〉、〈審鼠〉這幾折的名稱還能用嗎？改了這個鼠字成牛字，似乎動搖了全劇的情節結構。換言之，全劇只爲一個鼠字而設；那麼，全劇展現鼠的人物獨特性，是否屬於創作呢？

創作眞實，是在必然率下表達（人物性格的）普遍性。婁阿鼠誤殺尤葫蘆，這種殺人犯罪行爲，係任何一個生肖的人皆有可能。任何生肖的人犯了殺人罪，皆可具備狡詐多疑，這是人物性格的普遍性眞實，不限於婁阿鼠。創作者將這種普遍性眞實，刻劃得愈深刻，則愈是創作成就，可以普及到阿牛、阿龍、阿雞、阿狗，但不能全劇只適用於婁阿鼠，即僅適用於一個特定對象人物；反之，要婁阿鼠代表所有這種犯罪人的人物性格，不能因爲改成阿牛，一折〈測字〉就成爲一場人爲技巧的文字遊戲，如果是，這還不該將它刪掉嗎？創作更不能滿足於這類文字遊戲成就，這是涉及創作眞實的認知，它是戲劇本質遠比戲劇形式更爲嚴肅的問題，能否提升婁阿鼠人物性格的普遍性，豈可不加修改？那麼，怎麼改？就依以上的批評，從不具懸疑情節形式與創作戲劇本質的普遍性眞實，質言之，概括了戲劇創作的兩大核心，即戲劇行動結構形式與人物性格本質。就以兩個核心依次說明吧！

三、如何改編：重構情節結構

亞理斯多德是結構主義的創始者，他的《創作學》（舊譯：詩學）爲西方建構了一套完備戲劇創作理論體系基礎，影響所及，二千五百年來無出其右者，已成爲論述者的共同基準，不然會被視爲創作與批評的無知或門外漢。在這套體系中，情節譬爲戲劇的靈魂，而亞氏將情節結構僅分爲兩類。我國接觸西方戲劇已超過百年，對這如此簡單的分類究竟有多少瞭解呢？

請讀亞氏爲情節所下的定義：

> 單一情節（'απλοι, aploi），即指一件已經發生過的事件它是一連貫的，而整體的戲劇行動。其中（英雄人物的）命運的發生轉變沒有逆轉與揭發。
>
> 自身交織情節（πεπλεγμένοι, peplegmenoi），係指（英雄人物的）命運的轉變是隨在揭發（一般譯爲：發現）或逆轉之後，或這種轉變兩者兼而有之。（1452a14-18）

以往中譯將這兩類分別譯爲簡單情節與複雜情節，且無一例外，全係依據英譯simple與complex。而英譯又係依拉丁文的simplexus與complexus。事實上，簡單與複雜是兩個相當主觀的詞彙。一個人認爲一件事或想法非常簡單，而另一個人則以爲非常複雜；反之，一個認爲複雜，而別人以爲簡單。所以，不論譯成哪種文字，當作爲一個學術專語使用時，皆不能排除主觀或混淆的認知。那麼，這兩個希臘文的眞正原義是什麼？

按希臘文aploi，係單一的意思。以它取代「簡單」，讀者易於接受這個認知，少有爭議。依據上述它的定義，容易瞭解。就我國現存能發現到的劇本，自諸宮調而下，至少超過一千年，我國戲曲情節結構，全數屬於這類單一情節。這當然不是任何一個新舊版《十五貫》情節形式結構問題，而是戲曲劇本自古以來的老問題，而研究者從未做討論與歸納。亞理斯多德有一個非常主觀的批評，他認爲自身交織情節（即複雜）比單一情節爲優。同時，他又客觀的提出，係因自身交織情節透過揭發事件產生行動的逆轉，比單一情節帶給觀眾更大的意外驚喜，他以《洗腳》實例做了具體示範。所以自身交織情節不論是在創作上與審美上皆比單一情節爲優。遺憾的是，這種好產品，在戲曲情節結構中從不曾見過①。不論亞氏是主觀抑或客觀，對我國戲曲而言，畢竟是一種不曾見過的創作新形式，至少是一種新形式的新選擇吧！難道我們就不該知道，不該學習，不該嘗試嗎？本人不得不要加以詮釋得更清楚些，也藉以說明爲什麼要改編《十五貫》的形式。

首先說明爲什麼要排除這個複雜概念，而改譯爲自身交織情節。按希臘文peplegmenoi，它的原動詞是πλέκω音譯成拉丁文的pleco，其原意是紡織或編織。在希臘文中有一類動詞稱爲middle verb，這類動詞的語法不見於其他的語言。舉個例子，λούω是我洗東西，它有主詞＋動詞＋受詞。但當成爲λούομαι，是我洗我自己，它的受詞就是自己，近乎於英文中的反身動詞。因此，本人將這類動詞譯爲自身動詞。依據希臘文法，自身動詞是：「行動者所做的行爲要回到行爲者自己的本身。」（Goodwin442）peplegmenoi就是pleco（織）的自身動詞的分詞被動現在完成式。本人依此，界定這類情節者：

> 一個行動者現在所做的戲劇行動與過去時間所做的戲劇行動相互被交織在一起，最後透過逆轉與揭發事件，又回到行動者他自己身上，才完成這件戲劇行動事件的結束，所構成的情節，稱之爲：自身前後事件被交織情節，簡稱：自身交織情節。

在自身交織情節中，亞理斯多德評爲最佳情節，就是Sophocles的*Oedipus*王，正是這則定義的

---

①本文十分武斷：事實上《荷珠配》或《荷珠新配》即屬於自身交織情節。請讀者提出更多實證。

典型示範。劇中Oedipus王在過去所做的事件，弒父娶母事件，與劇中自我審案的尋找兇手的戲劇行動事件，透過揭發事件，造成行動逆轉，最後證明兇手就是自己，又回到自己的身上。這則定義精確的詮釋了這些情節結構，故而受到學術界朋友的一致讚許。然而，仍然有批評者（特別是西方學者）指稱本則定義，係專爲*Oedipus*量身訂製，其應用性似乎太窄，而缺少全面性。如果經過檢驗pleco的原義，正是亞氏的本義，本人的職責已了。如能詮釋世界一個最佳的劇本，就批評者而言，旨在追求最高成就者，其餘的，皆屬於次要的考慮了。不過，Aeschylus的《奠酒者》（*Choephoroe*）中，Electra從她父親Agamemnon墓的祭壇上發現一束頭髮，於是她驚喜的不得了，認定她的弟弟Orestes回來了。這原是Orestes放自己的一束頭髮以祭自己的父親表示要復父仇。放一束頭髮，這一點也不複雜的事件情節，但它卻是希臘悲劇中被認爲是現存最早的一個「複雜情節」，結果被姊姊認定弟弟回來了，果然就是Orestes本人。這豈不正是本則定義Orestes自己所做的行動，結果又回到Orestes自己身上嗎？這豈非正合自身交織情節嗎？

在《創作學》中歸納創作自身交織情節的六類揭發事件類型，其中透過記號，是最無藝術性，比如放束頭髮。但不論是否具有藝術性，畢竟可以創造一種情節新形式。同時可以確定的說，不論哪一類，無一不是行動者之前所做的行動，經過揭發（六種類型之一）的事件，又回到自己身上。勸告批評者評估驗證現存希臘悲劇情節之後，對本則定義是否具備全面性，才做出結語吧！如果他們還是堅持，這不是亞氏的原義。本人非常樂意的，將這從不見於西方任何理論的成果，就當作我自己的理論。

在話劇上，曹禺《雷雨》的出現，可是實踐這種自身交織情節的實例，無形之中成爲時代的代表作。自魯媽第一次回到周公館與女兒四鳳談天起，經過此後的一一揭發事件，回到所有行動者自己身上，正是自身交織情節的結構；不然，依照事件的時間秩序，將魯媽與周樸園的往事，在這一幕母女會之前先演出的話，讓觀眾知道他們過去的事件，這就是所謂的單一情節，試問《雷雨》還會有這麼不衰的評價嗎？在戲曲方面，不是沒有人嘗試過。陳仁鑒《團圓之後》，知道的人可能不多，西方卻認爲它是部具有莎士比亞式的中國悲劇。作者看過《雷雨》或受過西方電影的影響，他想以倒敘法（陳仁鑒，二六一）來處理傳統體裁。故事敘說新科狀元施佾生的母親葉氏，係與情夫通奸生下這個兒子，在劇中的第二場至第三場一開始就自縊身亡。這與《十五貫》在〈殺尤〉之後的查案情節，觀眾全明白了。所以，他想應用倒敘法，可能就是自身交織情節，但顯然並不成功。可以瞭解他缺少這種理論的知識；然而，不可否認，他有強烈的企圖採用不同的結構形式，就戲曲創作而言，是值得一提的。如何從這些經驗中，如何自覺的、正確的採用自身交織情節轉換成爲戲曲情節呢？

現代戲劇是另一個戲劇史上的輝煌時代。一般史家咸認是由易卜生（**Henrik Ibsen, 1828-1906**）的《玩偶之家》（*A Doll's House*, 1879）展開的。我個人則認爲不妨推前幾年至左拉（Emile Zola, 1840-1902）的*Thérèse Raquin*（1873）這部自然主義的重要劇作，才拉開這個時代的序幕。斯特林堡（August Strindberg, 1849-1912）的〈論現代戲劇與劇場〉（*On Modern Drama and Theatre*，1889）是一篇標示現代戲劇開始的宣言。文中說他曾勸一個劇院演出*Thérèse Raquin*時，刪去第一幕，這一幕幾乎佔全劇的三分之一，他認爲無損於原劇（Toby Cole, 16）。這些現代戲劇的大家無一不是佳構劇的好手。斯氏刪去第一幕，如此一來，從第二幕第一場落水事件起，就回溯到她丈夫伽米耶之死，這也就是將第一幕所有情節安排成爲後面的揭發事件；換言之，現在事件與過去事件交織在一起，接著第三、四幕回到謀殺親夫的原點。斯氏的這一個構思，即是將左拉原本依照事件時間秩序的單一情節，改編成爲自身交織情節。這家劇院有無接受他的建議，則不得而知；但斯氏對情節結構的認知能力是毋庸置疑的。本人模仿這種務實的學習經驗，將《十五貫》一開始的〈鼠禍〉（或殺尤）一折刪除了，並將這折情節分別安排在以下的各折之中，充作揭發事件，本人自覺的依著自身交織理論的模子，編成一個傳統戲曲體裁從來沒有的情節新形式。*Oedipus*王之所以被稱爲最完美的情節，係因爲它源自戲劇行動事件；本人也嘗試、也用了些最無藝術性的記號，當然不敢預期它的揭發事件依據必然率會產生令人感動的驚訝，爲的就是要讓《十五貫》改編的形式完全有別於傳統，一個從不曾見過的情節結構。讓傳統體裁穿上一件新衣服，先求其有，再求後之來者將它改編更完美。如果編改《十五貫》的情節新形式，果然是從不曾見過的，就算是達成改編得第一項要求了。至少是一個開始，能否成爲學習者的一個示範，就不做奢望了。不過，這種改編的方法，是否屬於向西方學習的一種拷貝（copy）行爲，還有待大家的驗證。

在一九六〇年代末，我到巴黎求學。在這段貧窮的歲月，一個月基本生活費大約五百法郎。當時巴黎藝術市場行情，一張齊白石的畫已經可以賣五萬，可是相同的一張摹本，只能賣五十元，即使出於他的門人之手，充其量兩百法郎。我對這個差別感到驚奇。在鑑賞家的眼光裡，一件贗品，再好也只是一件拷貝而已。在英文裡，copyist（拷貝者）的意思，可以解釋成剽竊者，不論在研究學問或創作上皆是件可恥的事。在五四運動，易卜生主義與《玩偶之家》產生巨大影響，自一九一九年胡適的《終身大事》拉開模仿娜拉劇型的劇本「創作」序幕，接著推出一批娜拉中國姊妹。這些是娜拉人格的拷貝，再好也只是易卜生的摹本，最多是兩百元的價碼，它能得到國際鑑賞家的青睞嗎？《玩偶之家》是大家所熟知的劇本，不必細加解說，就是那一封信，造成過去事件與現在事件交織在一起，構成典型的自身交織情節結構。如果胡適眞有這份知識能力解析本劇，讓讀者眞的認知這種情節結構，在九十幾年之後，還需要我們嘗試如何掌握這門知識的實用性嗎？由此深信，連這種戲劇創作基礎理論都不下工夫的人，試問能深知西方戲劇文化核心嗎？它能有助於中國戲曲創作能力的提升嗎？也值得鼓吹成爲一種文化運動嗎？難怪在這種領導下，在創作實質上，帶來的只是能仿造一些「差不多」娜拉，它能提升中國人的人格嗎？作爲一位普通學者也就算了，竟然是北大菁英的領導者。回顧這些複製品文化成果，內心深處失去了一分應有的敬意。前文提及應用自身交織情節來包裝《十五貫》的傳統體裁這種改編方法，可能被批評爲拷貝西方學習的行爲。那麼，在人物性格的塑造上，又該如何處理《十五貫》呢？還能又像胡適一樣已經仿製了一位「差不多女士」，還要繼續仿製另一類的「差不多先生」嗎？這是比情節形式更爲嚴肅的戲劇創作核心議題。容下文討論吧。

四、怎麼提升：確立人物性格價值

在戲劇創作中，人物性格居有何等的重要性呢？在黑格爾（Hegel）的〈悲劇論〉中指出：

……只有在導致衝突的時候，情境才開始見出嚴肅性與重要性。……人物性格的高度和深度也要藉衝突來衡量。人格的偉大和剛強只有藉衝突（事件）對立的偉大和剛強才能衡量的。（朱光潛，一五四）

這正說明，具有衝突的戲劇行動情節是表達人物性格所必備的。正如亞氏所說：人物品（性）格則是因爲與那些戲劇行動周延而緊密的相互結合在一起處理（1450a20-22）。換言之，沒有完美的戲劇行動是不足以表達偉大的人物性格；亦即再完美的戲劇行動創造不出偉大的人物性格，也不是好的戲劇。這兩個戲劇創作核心要素是相互並存的。那麼，什麼是人物性格？迄未見過明確的釐清。田本相主編《中國近現代戲劇史》，是一部具有中西戲劇比較觀的專書，本人在序言中，依據《創作學》歸納第六、十四章的主旨概念，擬出人物性格的界定爲：

> 人物性格是指戲劇行動者雙方相遇在兩陣對峙的戰鬥或衝突事件中，展示他們彼此做出的（或說出的）行動事件的抉擇（或躲避），而產生那些恐懼哀憐的情感。

一個人物性格是強硬或懦弱，猶豫躊躇或粗魯蠻橫，在處理衝突事件中的抉擇是截然不同的。這才是人物性格的喜怒哀樂七情六慾與思想的裸露呈現。戲劇創作固然如此，試看哪一類藝術創作不然。經過朋友的驗證，得到肯定，所以，這則定義應具有普遍性。

本人引用布萊希特（Bertolt Brecht, 1898-1956）的《高加索灰欄記》（*The Caucasian Chalk Circle*, 1945）作爲這則定義的示範，即由抉擇所呈現出的人物性格。試看女主角格魯沙（Grusha Vashnadze）在大家皆不要找麻煩，力勸她不放棄總督兒子米契爾（Michael）的後果是，「給人看見和這孩子在一起，會發生什麼，我想都不敢想」。在面臨這項行動抉擇時，她似乎聽見孩子求救的呼喚，不知出於人性、母性，或其他任何理由，她抱起這孩子，這個抉擇被視爲「想做好事是多麼可怕的誘惑」。在格魯沙做出這人性抉擇之後，回顧全劇由〈貴子〉

到結局，是從格魯沙「捉」一隻肥鵝到鄉村法官阿茲達克（Azadak）判案後消失不見的「逃」走的一連串「捉」與「逃」的行動主題形象所構成。從而看出，人物性格的偉大是藉著事件衝突的偉大所展露出來的；人物性格的強度、深度與廣度是藉著行動事件的強度、深度與廣度來衡量的。劇中的每一個「捉」到「逃」的行動事件，皆涉及個人、社會、國家、法律、宗教及人性不同層次，一層層的揭露格魯沙抉擇所帶來的人性衝突的強度、深度與廣度，以展示「善良誘惑多麼可怕」的人性光輝，讓人覺得自己的渺小。這個抉擇不僅遠遠超越元曲原著的本事，更成爲戲劇史上的不朽之作。

做個小小的結論，凡能將一個偉大的人物性格，安排在一個完善的情節結構之中，一位劇作者就能掌握這兩個核心元素的鑰匙：一把足以打開戲劇創作之門，一把打開門裡的保險箱。果如此，即最好的編劇指南，如George Pierce Baker的《編劇技巧》（*Dramatic Technique*, 1919）僅作參考，其餘就不足觀了。

爲什麼將人性光輝列爲人物性格的價值訴求呢？舉個例子來說明。高乃依（Pierre Corneille, 1606-1684）受到卡斯特羅（Guillen de Cartro）的《少年熙德功業》（*Deeds of the Young Cid*）影響而創作《熙德》（*Le Cid*），從而確立新古典主義戲劇，使他的聲譽達到顚峰。相同的，拉辛（Jean Racine, 1639-1699）改編Euripides（480-406BC）的*Hippolytus Crowned*（428BC）成爲《費特兒》（*Phèdre*, 1677），此劇一出，卻代表高乃依時代的結束。

評論者認爲《費特兒》勝過《熙德》，並不是因爲拉辛刪除Euripides劇中的情節比《熙德》更符合新古典主義的三一律，而是《費特兒》更能展示人性的深度。

按《熙德》劇中的少年英雄羅狄克（Rodrique）與施曼娜（Chimène）相愛，兩家原本世交，這樁婚事已經得到雙方家長的默許。此時，國王要選一位太子太傅。女父高邁斯（Gomas）是當時國家最強的武將，不料國王反而選了往日功高而年邁的羅父傑葛（Dièque）。高邁斯嫉妒而不滿遂與羅父相爭，一時失控當庭打了他一個耳光。羅父年老體衰，無法忍受這項身爲武士的侮辱，於是告訴兒子說妻子可以另娶，要求代父報仇。羅狄克爲家庭的榮譽，別無選擇，英雄出少年，竟然，一場比武，殺死國家大英雄，自己未來的岳父，展示一位武士盡人子的責任、榮譽、理智與毅力，而愛情次之的英雄人物。本劇塑造了具備社會或貴族社會的一切世間道德價值的一位人物性格。

《費特兒》是後母愛上前妻兒子的亂倫悲劇，這是人類的共同古老主題。當費特兒的丈夫希西（Thesée），雅典國王，出征六個多月無音訊，他的前妻所生的兒子易卜利特（Hippolyte）愛上一位公主阿麗西（Aricie）；而王后費特兒卻深深的愛上他。忽然有人訛報國王死訊，且有人支持易卜利特繼位。費特兒的乳母歐儂（Enone）極力慫恿她表白，在她自己控制不住內心的情感下，向他傾訴衷情，不料遭到拒絕。她羞愧萬分，企圖自殺，但爲歐儂所阻。國王回來了。在此情況下，爲了脫罪，乳母嫁禍易卜利特，向國王誣告他姦淫後母，以保全費特兒的名譽，此舉費特兒未加阻止。父王大怒下令易卜利特放逐海上，接受海神的懲罰。費特兒因而憤怒趕走歐儂，而致投海而亡。當費特兒得知，海神吞噬易卜利特生命時，她趕到了，在她臨終前將事情一一交代清楚，以平息內心的不安，說完一切後，斷氣而死。

依上面兩個劇情情節所示，《費特兒》是揭露人性特質的情慾本質，亦即所謂的人性光輝；而《熙德》則是社會道德價值。藉此論定兩者的優劣，已成評論的公案。如果可以接受這個準則的話，又如何看待改編《十五貫》的人物性格呢？

冤獄，一個老掉牙的古老主題。不論什麼時代、人種、文化、社會、國度，都是一個共同的普同行爲。從原始部落到所謂的現代文明，每種處理冤獄方式，皆可屬於提升社會道德的一種選擇，沒有絕對是非，絕無所謂的普世價值。在《十五貫》中，過、況、周三人以及街坊證人等，對熊、蘇冤案的認知與態度，可能是從無知到不甚瞭解的一知半解（imperfect understanding）②到完美認知（perfect understanding）的範疇。他們處理的結果，不論屬於官僚主義，主觀……，哪怕以各種不同的理由編出一百個主義，仍然還是屬於處理冤案的一種可供

②Wen Yuan-Ning, *Imperfect Understanding*, Shanghai:Kelly & Walsh, 1935。溫源寧著，中譯爲：《一知半解》。這本小書，選詞之精，行文之雅，係最佳的英文散文，百年來中國詣於英文者眾矣，然無出其右者。本文借用本書名，蓋能知之，固然不易；能解之，則更難。溫先生是我到雅典大學，獲得希臘政府亞波羅獎學金的推薦人，他總是說我是他的小朋友。他有幾篇讀者心得的英文批評，留給我，他認爲不具學術價值，僅給孩子們看的。由於某點原因，一直未公諸於世，深感不安。

選擇罷了。再公正請來個包青天吧！還是局限在社會道德的層面。再高，另創個什麼新古典主義，大不了與《熙德》一般。相同的，《十五貫》中，婁阿鼠殺死尤葫蘆，才是眞正的犯罪行動者。爲了平反冤獄，不論是過、況、周任何一個捉到這位眞正的原兇之後，不論引用哪一個王法，哪怕將婁阿鼠判一百個死刑，試問能增加或展露婁阿鼠一分人性光輝了嗎？這般的演了三百年，有什麼本質上的提升了？基於這點認知，要問的是，在改編時，如何釐清婁阿鼠的人物性格？

悲劇這種戲劇文類，係出諸悲劇行動者的悲劇過失行爲（hamartia：一般中譯爲：悲劇缺陷），這種悲劇過失行爲之所以引起哀憐的情感，係因產生這種過失行爲，僅發生在至親之間，如：兄殺弟、子對父、母對子、子對母等等。不論這種過失行爲，行爲者不論出於自知、不自知，自覺、不自覺，或相識、不相識，執行、不執行，皆構成悲劇事件。這不僅是亞氏的理論歸納，從現存希臘三大家的悲劇實例，可一一加以驗證，無一不如此。婁阿鼠殺了尤葫蘆是《十五貫》中最大的悲劇過失行爲，他們兩人之間，談不上是至親的關係。對尤葫蘆而言，他只不過是個常來賒帳的顧客，看了就有點氣。當婁阿鼠溜進尤家大門時，明知尤葫蘆窮得無以維生，只不過想再賒一、兩斤豬肉，或偷點東西典當，飽餐一頓，哪來蓄意，更絕無預謀殺人之意。但在現場忽然發現有這麼多錢，在賭債的壓力下，臨時起意，所做出的搶錢抉擇，即使再強烈，也絕無非殺死對方不可的意志，充其量只想搶錢，也構不成非殺人的人性之惡；最多是怕搶錢的事跡敗露。在兩人相爭中，一時失手，這是一般生活中過失殺人致死，不具也不配構成悲劇本質。以現在觀眾的認知，這是小題大作，還值得一看嗎？如非要把它改編成悲劇，也不足以引起悲劇的震撼。如果改編仍然將它渲染成悲劇，就是取材失當。如果在劇中繼續將生活中的這種過失致死，以法律的名義判成死刑，這是大罪過失懲罰小罪過失，這是法律殺人，即不正義，也不進步。就讓狗法官處死熊、蘇二人續造冤獄，也無不可。但不能再度讓婁阿鼠成另一個冤獄，那是以小罪判成大罪，這就失去了創作眞實與正義，也喪失創作比歷史更崇高精神。試問還讓婁阿鼠這點過失行爲的人物性格撐得起這齣悲劇嗎？

我畢生不喜歡喜劇，在學習的過程中，從不研讀喜劇，不管哪類，一概視爲無聊，棄而不讀。然在我花了八年時間，完成《亞理斯多德喜劇藝術創作理論》專書，全書近三十萬字，因此改變了認知。原來喜劇比悲劇創作更難。喜劇比悲劇一了百了；活著，特別是有價值的活著，比死亡，更能產生對生活的啓示。如果改變婁阿鼠的命運，將人間痛苦點化成爲快樂，在改編時，同時能否考慮將原來《十五貫》悲劇類型改成喜劇呢？

五、新傳統主義的認知與嘗試

一九九五年我在文化大學中國戲劇系正式開「當代戲曲」這門課。這個因緣全係因爲中國藝術研究院薛若琳副院長的協助，影印得《羅漢錢》、《劉巧兒》、《天仙配》、《團圓之後》等當時在台完全找不到的劇本，以及《海瑞罷官》、《野豬林》、《爛柯山》、《十五貫》、《將相和》、《紅燈記》、《沙家浜》、《潘金蓮》等幾十本劇本資料（在此致謝了）。並非故意忽略三高期的傳統代表劇目，而是我認爲這些改編劇目，除保有傳統主題內容外，另增加一層新的文化意義，於是就將它們定爲：新傳統主義。這是未來中國戲劇創作不可少的途徑，不論長處、短處，成功、失敗，都應予以重視與倡導，盡一分開風氣的責任。那麼，什麼算是新傳統主義呢？

二〇〇九年在台北舉辦第七屆華文戲劇節，本人應邀擔任專題演講：〈新傳統主義：創作四元論〉（全文如附錄）來詮釋這一個想法。如何構成新傳統主義創作呢？在亞氏《創作學》

創作理論架構下，比如說同一個神話體裁創作成悲劇、喜劇、舞蹈、音樂，就成爲截然不同的創作文類。當然不同的創作，不同文類，就有不同的創作結構，故而稱亞氏爲結構主義之祖。質言之，就是以體裁A與形式結構B，作爲文類創作的兩大元素，簡稱爲：創作二元論。創作總和X，就是：

X＝A＋B

不過，到了十九至二十世紀，歐洲文藝創作思想變動太大，帶來的文藝創作思潮前所未有。在傳統古典主義的基礎上，將自己的文化發展出自然主義、寫實主義、印象主義、象徵主義（包括所有主觀意識派）、野獸派、表現主義、未來主義、結構主義、達達主義、超寫實主義，至抽象畫派超越任何一派，竟然打破繪畫的定義，從這些可能超過兩百個不同主義的創作宣言，亦即兩百種以上不同的想法，帶來兩百種以上不同創作類型與形式，使得歐洲文化不僅是多姿，而是領導世界。再從這些宣言來看，宣示他們爲何創立自己的主義時，不難發現有兩種不可缺少的創作元素，即：C任何一位藝術創作者不可忽略它的時代精神（no artist discords his time），略稱：時尚；和D創作者具有不可模仿的個人特質（inimitable disposition），略稱：個人特質。據此，可以非常合理的說，產生這些豐富的創作，勢必不同於或改變二元論。我們以這四項創作元素，組合展示不同的創作總和X。以一個公式表示之：

$$X=A+B+C+D$$

如果，假設每一項創作元素視爲一個創作半徑，由於半徑一定是一個數字，就可以明確的計算出不同的創作總和與量。讀者可以輕易比較二元與（X_1）四元（X_2）論創作成就總量的大小，而減少不必要的爭論，試看下圖所示：

由上，不一定說四元論的創作成就大於二元論，至少可以是比較複雜化了，也可以說是文化的一種未來新發展方向。在這個歐洲創作主義盛行的思潮中，舉個例子來說，布萊希特的《高加索灰欄記》取材於元曲

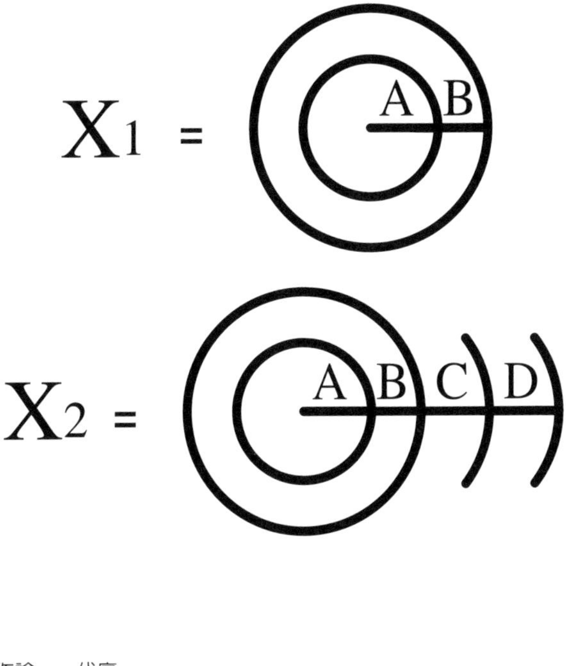

李行道的《灰闌記》A，以他的敘事史劇場的創作理論與方法，以非尋常化（verfremdung, defamiliarization）；或疏離化（entfremdung, alienation）的劇本結構形式與表演方式B，表達二次世界大戰中所產生所有權的時代不同看法C，完整的而凸顯了布氏個人在劇壇獨一無二的風格D，結果必將是世界戲劇史上不朽之作。這正是這種新傳統主義四元創作論的一個典範實例。藉著這面鏡子，照亮傳統體裁，經過再造，顯出文化光輝，不僅是改一個時代的創造心靈的重塑力，更是文化重生（renaissance）的獨特價值。不然，何貴成為屬於自己生在這個時代。

大致而言，上述改編《十五貫》是在處理A傳統體裁與B可能採用的西方自身交織情節結構形式，這正是二元論創作元素的全部。繼之要問：什麼是「藝術創作者不可忽略的時代精神」？想要釐清這個想法，可能需要相當篇幅，不如舉個例子來體認它的實質內容。很多年前，有個德國藝術節，想要邀請國劇參加，相關單位推薦《岳母刺字》。主持人來台觀賞後，未能接受。我們要問：在當今的社會裡，我們還有誰會像岳母這樣的母親？還是有岳飛這種聽從母令的兒子？這出戲即使讓演員穿著牛仔褲演出，它還是拷貝宋代人的行為。正如在一九七〇年代初，本人在牛津大學實驗劇場看莎劇《奧塞羅》（*Othello*），並不因為它的服裝全是牛仔衣的款式，就改變了，成為時尚，它仍然是莎劇。在此再提民國八年的五四運動，由胡適《終身大事》拉開摹仿娜拉劇型的劇本「創作」序幕。當時劇壇自我陶醉的說，五四運動最大的成功是「人」的發現；這種自我發現，個性的伸張，作爲五四時代的民主科學精神與個性解放精神。事實上，這種所謂的人的發現、民主與解放精神，全係易卜生娜拉人格的拷貝或縮影而已，這豈能列爲眞正屬於中國人的時尚？這還不如塑造個解放的潘金蓮，更能呈現傳統體裁的實質形象。因此可讓我們反思，自十九世紀末這一百多年來這些自創品牌的戲劇創作者，有誰的創作品背後隱藏著像娜拉式的影子？他們各自提出一個屬於自己主張的主義，一言以蔽之，無不表現這一百多年來的時尚，無不具有豐富的個人時尚特質。那麼，改編《十五貫》的人物性格要具備哪些時尚呢？可以非常自覺的話，沒有找個什麼「娜拉」作爲拷貝對象的改編可能。

在本人的〈新傳統主義〉一文中提出一個民族文化的特質；約言之，希伯來文化是主「信」爲導向（faith-oriented）的文化特質，希臘則主理（logical or intellectual-oriented）的文化特質，印度則主玄（speculation-oriented），而中國文化特質則是主「情」（理）的文化體系。我國戲曲特徵：回到人，而非回到邏輯；更明白的說，創作要回到人的「情」，而非事件結構的邏輯推理。情與理是沒有絕對分野的界限，比如說王國維所主張的境界說；事實上，凡西方的傑出劇作，無一不具有境界。相同的，一個劇本，不論東西皆同時具備情與理的必然性。特別經過這些百年來的國際學習，在力求東西文化的互融下，在新傳統主義的劇作中，爲人物性格在做出抉擇時，能否增進說理的理由呢？即將我國戲曲文化「情」的特質，交融西方文化「理」的特質，成爲一種新的雙重特徵呢？這豈不是一種時代的時尚，既增進中國戲曲內涵，又促進新傳統主義實質的形式嗎？

信仰自由，不僅是人的一種普同行爲，更視爲當今世界的普世價值。中國文化的儒、道、釋三個文化元素，在生活中相互並存的。所以，幾乎可以說，中國人在生活行爲中，時時離不開佛教。佛家有一個堅定的信仰，就是人只要自修，可以成佛，正與儒家的與天地參，是一個相同的思維。這是將凡夫與佛等量齊觀，這是多麼了不起的想法，也是世界上獨一無二的哲學思維。但是成佛，實在太難了，它是一種人格純完美化的完美化。哪有人不犯錯的呢？犯錯就得墮落地獄，更何況是殺人！佛家《地藏王》經中的地獄特別多、特別大。在本劇中有些部分，已經達到謗佛的地步。謗佛也是大罪，非墮地獄不可，且是阿鼻大地獄。難道我們就不能原諒那些一點點的毀謗小罪嗎？人間法，公然侮辱或毀謗，大了不起登報道歉或罰金了事，再怎樣的謗也不至於像謗佛，要抽筋拔舌的重罪吧！所以，本劇中的主人翁婁阿鼠在廟裡爲亡者念了往生咒，做了懺悔之後，走在廟口的獨白說：

> ××的，什麼叫做一命還一命。我過得是多麼多姿多彩，會玩會樂，會賭會嫖，能言善道，有傑出公關能力，人前人後，總像個人樣，這是一條命。尤葫蘆是什麼東西？只會殺豬，賺點錢養不活家小，這也是一條命，他的命值得我的命嗎？什麼又叫一罪抵一罪？我

誤殺尤葫蘆的罪，能抵了他殺了多少隻豬的罪嗎？不過，再大人物，哪怕皇帝老子總得會死的，再小的東西死的重量，總是一樣重，以我的一死抵他的一死，也該算扯平了。扯平了，就該算了，爲什麼還得下地獄，再受一次閻羅王的拷刑？我不能接受！我皈依菩薩，難道皈依菩薩也錯了嗎？皈依求菩薩保庇，也不對嗎？求菩薩保庇，難道是爲了求下地獄，求個比人世間更重的懲罰嗎？牛頭馬面憑什麼，無法無天把我抓進他們管轄的地獄？我已經扯平了，我拒絕下地獄。××的，只要有個什麼主義，什麼個制度，什麼個洋教，不管它有多麼爛，什麼後果，只要保證不下地獄，我發誓，我就信。……不上西天，我專上東天。

這是婁阿鼠死前接受一死抵一死，所做出的抉擇，所做出的這死亡掙扎的吶喊。從他的吶喊中，看到追求一個完美的信仰，換來一個不完美的結果，不由得令他寒心。這是自天主景教傳入唐代以來不曾有過的想法；也可能是百年來愈來愈多的知識分子改信天主教一個說不出的潛意識理由，也就成爲婁阿鼠這種人物性格做出抉擇的說理的理由。這豈不是中華文化中佛教末法時期，共同面對一種文化元素衰退的危機嗎？你能不讓他激情的吶喊嗎？希望這場吶喊與娜拉關上門後的聲音一樣響。更希望填滿了孟克（Edvard Munch）的那張〈吶喊〉（The Scream, 1895）油畫的內涵與價值。不知道這是否就是改編後歸納出的一種時代時尚。

這段獨白，明顯的涉及謗佛，不論是出於故意的曲解或誤解，皆屬於一種不可原諒的邪見。邪見之人，蠱惑信眾，要墮入無間大地獄。何時能受盡一切苦才能出地獄呢？據說要他的邪說完全消失；換言之，他的書，在世間不是一本，而是一個字都找不到爲止。我的天呀！有哪一位聖人的話說沒有一點邪見呢？舉個例子來閒談吧！

在歐洲文藝復興時期，原先把惡魔喚起而知其非，不是異教，只是罪惡。在宗教上，這種態度是寬容的。但在中世紀後期，惡魔變成重要了。讓崇拜魔術（如《哈利波特》）由明暗異教而復活起來。一四八四年教皇英若森八世（Innocent VIII）下令對惡魔鬼物給與教會的正式制裁權。在宗教改革時，這個想法被新教徒所採用，他們直接引用聖經的誥誡「你勿得讓一個妖人存在」。在此之後，新教徒與羅馬教徒搜獵妖人，一律處以酷刑。據估計全歐洲死於此事的人數在七十五萬人以上，這是多麼可怕的數字！平均每年有三千至四千人，刑以火刑，形成人類史上最黑暗、最可恥的一頁③。在這兩百年中的教宗與宗教法庭，無不借宗教正義之名，把不信天主教的人，皆視爲妖人異教，一律處死。依佛家看來，豈不正是具備邪見嗎？照理他們都該下地獄吧！我忽然瞭解，怪不得那些大思想家，爲什麼才不世出的，就是因爲他們都曾犯有邪見；他們的大著沒有完全消失人間，所以繼續留在地獄受苦，回不到人間。哀哉！我的拙稿收藏在哈佛大學與美國國會圖書館的專書，希望早點燒燬。當然這本劇本出版後，一定不要演出，一定要早點作廢回收，免得永在地獄，不得超生。如果能讓婁阿鼠能從新舊版的判決跳出，到能流露他的內在人物性格提升人性的話，就讓他吶喊吧！難道不准他換顆心，不能容忍他換個宗教信仰嗎？即使冒著下地獄的危險，也將婁阿鼠的吶喊記錄在劇本中留下來。

以最輕鬆的方式，或最不值得取的態度，處理最嚴肅的議題，這是喜劇的長處，或許更能引起更深刻的認知。婁阿鼠的吶喊，周忱聽進去了。不知道什麼原因，他免了婁阿鼠死刑。除了上報朝廷、下惠蒼生這類門面話之外，或許因爲他一生也受過些痛苦，減輕別人一點痛苦，何樂不爲呢？或許，誤判過不少冤案，能減少一個，也可做自己的一點懺悔，來贖做官的罪；也許爲了討好衙門外的民意壓力；或因爲婁阿鼠要求他出一份官方證明，讓他帶到陰間，免除再被受審，沒有這種前例可循，省個麻煩，改判算了；或許是世間法，殺人償命的法律絕對正義，開個玩笑，或許聽了什麼個「鳥人」說，死緩，這個妙人妙語，感到興趣；何不把尤葫蘆比喻成放下屠刀，到西天去做等覺菩薩，又何嘗不把婁阿鼠改成爲額刻金印的犯罪大善人呢？反正，在這個專講歪理，能拗就成名嘴，不是嗎？拗相公（王安石的綽號）居然當了宰相，自

③丹丕爾．惠商（William Ceciel Dampier Dampier-Whetham），《科學與科學思想發展史》（*A History of Science and its Relation with Philosophy and Religion*），任鴻雋、李珩、吳學周合譯（重慶：商務印書館，民國三十五年），頁一四四—六。在抗戰如此艱難期間，商務出版新中學文庫，包括這些經典譯著的好書，至今讀來，深爲感動。特此註出，謹向這些學者致敬，以表彰他們追求知識的治學精神。原著者封爲威廉爵士（Sir William）。

己又何嘗不可一爲呢？或許就像阿茲達克（Azdark）法官，感到無聊放個犯人來玩玩。這種層出不窮的莫名其妙理由，出現在周忱的心頭。它對這個事件的理解，可是集無知、一知半解，到完全徹悟之大成。這個集大成的總和X：

X＝A＋B＋C＋D

即做出一件不是不可改變的體裁A；不是什麼不可改變的形式結構B；不是一個固定的時尚想法C，還可以表達個人標新立異的風格D。不管怎麼說，周忱像作夢似的改變這個判案，他不僅是一種選擇，也是抉擇，而且將一件不可能的事件成爲可能合理事件。就是因爲改變了，至少帶給婁阿鼠死裡逃生的無限快樂。如果這個原諒，改變了世間法，那麼，佛法可否改變地獄刑法呢？總要開放一個實驗區來表個法吧！如果因爲做到這一點，改變能帶來歡樂，才是眞正的歡樂的話，那就把本劇本當作一出喜劇吧！或許這就是新傳統主義所想呈現的時尙。至於個人特質D是什麼呢？這僅是一本改編劇本而已，談不上形成什麼個人特質；不過，如果發現它與三百年來的《十五貫》有什麼不同，就當作是個人風格吧！

在本人提出新傳統主義與創作四元論之後，並提出布萊希特的《高加索灰欄記》作爲借鏡，接著本人引用創作四元論完成拙稿《書法創作學兼論于右任》專書。朋友一致指出，對創作而言，這項立論實在定得太高了。不過，我認爲只要能看到的高度，就不怕它有多高，找出新方法，總有攀上去的機會。本人還是一直秉持作爲一位評論者的職責，就是對愈高成就的作品，提出愈嚴厲的批評，就是爲了提供下一個創作階段的基石。雖然，批評的理論者，不是爲創作者，但是一塊磨刀石，能磨鋒利的刀；或磨鏡者，能磨光一片光亮的鏡子，也就是完成這份職責任務了。

六、〈謝幕〉：新傳統主義本質

本節就是借著〈謝幕〉勾勒新傳統主義在哲學思想上的一個想法。〈謝幕〉本與本劇故事無關，卻視爲本劇情節不可缺少的一部分，更是不許演出時被抽掉的一部分。它負有一個註釋新傳統主義創作內涵的功能，界定新傳統主義作品的本質。由它標明一部創作品所探求的事物眞實，從一知半解到完美認知的藝術創作過程。這個想法就在本節探討本質中作說明了。

〈謝幕〉是全體演員，有的已經卸裝，有的還穿著戲服，一齊上台謝幕。他們把當晚正式的演出，看起來像似一種連彩排皆不如的排演而已。演員們依次發表他們的演出心得與看法，以各種戲謔揶揄的愉快口吻，相互辯詰，指出自己的戲份，該不該演，主題正不正確，或情節前後不當，需要修正，指責四爺頭腦頑固愈來愈不靈，大家建議修了這麼多次，還是趕不上觀眾品味的本子。不僅情節，不合時尚，比如〈風波亭〉那場，只口說了幾句，害死個把個岳飛，能煽得起什麼觀眾的激情？也不知道充分發揮班子裡演員的實力，比如西門慶與潘金蓮那場，也只是蜻蜓點水而已，如讓風騷旦阿嬌使出魅力，那不就引起觀眾興趣了嗎？那該得到多少滿堂喝彩呀！班主也該有點主見，賺錢重要，不能光聽導演空談些什麼藝術原則等等。班主接受各方批評之後，表示排演到此爲止，待明晚正式上演，看演出效果與觀眾反應，再聽聽戲探子的情報，他再與四爺商量對策。將這種謝幕形式與內容，作爲本劇情節的結局部分，看起來相當荒唐，也是從未曾見過的謝幕模式。卻在本劇的本質上，隱藏著改編成爲新傳統主義的思想核心，即藉著〈謝幕〉中演員們爭議不休的對話（如果擴及導演、舞台設計等人，可以另編一個完整劇本），顯示新傳統主義的創作四元素中，任何一個元素皆是屬於：未完成性、不確定性、不可預測性或無限發展性。產生本劇正戲文本之外的這些戲劇任務，還未曾見過其他任何一個主義的作品。這種謝幕作爲劇本結構模式，希望它能代表新傳統主義創作產品的標籤（Tag）。標籤本身不是產品的一部分，如果它代表著一種名牌，則標示這項產品身價不凡了。容再做以下的說明。

據說在一次爭議場合中，有人指責林肯總統（Abraham Lincoln）言行不一，有兩張面孔。他回答說，如果有第二張的話，就不要這一張了。這是一則典型喜劇一語雙關的例子，代表著一個人始終如一的人格。這種行爲標準能否成爲實際生活唯一的尺度呢？在我的一生經驗，從嬰兒時再怎麼餓，母親說我就是不吃別人的奶，到稍懂點事，母親教導我，不許拿一點不屬於自己的東西，幾乎成了我的信仰，相信每個人都有相同的做法。只有一張面孔會如何呢？結果一生的心血積儲，被一位老同學弄得一光二盡，換來廢支票，逼得我老年生活發狂。這只是個個案嗎？處在當今適者生存的競爭社會裡，還有任何一個可以奉行的固定準則嗎？你還能相信有什麼個普世價值之類的這種行爲概念嗎？（請參閱「第一屆　閩南文化論壇」拙搞〈閩南精神：「泉州學」的方向與架構芻議〉專題演講）因此，改編時，劇本中任何一個主題、議題，還只能提出一個固定標準的解決答案嗎？比如說：這個冤獄，不論過于執是主觀主義的誤判熊、蘇二人的死刑，或況鐘客觀主義的改判，乃至周忱的人道、人權主義的免死，或更多的可能判法，皆是對這個案情眞實的一種由無知，到一知半解，到完美認知的不確定性認知與表達而已。這就標示創作四元素的「未完成性、不確定性、不可預測性、無限發展性」的本質。這種創作本質，是無止境的，可稱爲：不定或無盡主義（infinitism）。這是對新傳統主義的哲學思維。我不是不想在〈新傳統主義：創作四元論〉專文來表達這個思維，而是在現存的作品中找不到一個適合的實例，只好量身訂製，自己改編一個作爲實踐這個主義的文化內涵；在情節結構中安排〈謝幕〉作爲一個具體形象，呈現一個戲劇作品所不曾有過的哲學思維。試問有哪一本哲學導論專書能將一個「未完成性、不確定性、不可預測性、無限發展性」的哲學概念，陳述得像在舞台上具體化或實體化的一齣戲劇情節般呈現給觀眾的呢？

弔詭的是，處在當今科技時代，凡應用知識，無不在追求表達形式與內容的精確性。新傳統主義卻反其道而行，即是將傳統體裁詮釋成「未完成性、不確定性、不可預測性、無限發展性」的探索，呈現在舞台上的這種一知半解，正式標明探索人的內在眞實的一種方法，也可能是未來人的，及創作的可塑性方法。其所呈現出的人物性格，恰如創造出凡事不能確定的，到無限發展的一位「差不多先生」，一位不能確定什麼是完美的追求者。不過，可以確定的是，這位差不多先生不曾存在於西方兩百種主義宣言中的一位，也絕不可能是舶來品的一位複製品。用這一位差不多先生作爲當今（或任何時期）一切人物不確定性性格的代表者，讓他來面對這個不確定的世界，這就是我的創作哲學構思。如果〈謝幕〉能表達這一點意思的話，就把它作爲作品的「個人不可模仿的特質」吧！寫這節新傳統主義的本質，感到非常的痛苦，就像遭到冤案，由判罪到平反，被逼供般的陳述自己改編的企圖。這節自白不知能否帶給未來改編者一點深沉的啓示。

改編《十五貫》的情節結構，〈楔子〉是擴大宋雜劇「豔段」形式，可要，可不要。由〈楔子〉到〈謝幕〉，則屬正劇文本。然而，將〈謝幕〉作爲本劇的結局，試問這種〈謝幕〉結局模式，在中西劇作上，有何特異之處呢？

自古以來劇本的結局形式，似乎只有一種，稱之爲：封閉型結局（closed ending）。不論中外，自希臘以降，莎劇、新古典主義，無一例外；中國戲曲，更屬如此。到現代戲劇中，忽然出現一種，稱之爲：開放型結局（open ending）。充其量，不過這兩種而已。那麼，〈謝幕〉的這種結局形式，也值得討論嗎？容稍做以下的簡介。

所謂封閉型結局，係依據戲劇情節結構的三部分；即：發現、解決與結束。凡完整的戲劇行動到結束事件爲止，必需要有個結局。自亞氏理論以來，再加上Maxwell Anderson的解說，不論單一與自身交織情節，無不皆然。雖然，高乃依指出亞氏是理論家，而不是創作者。他認爲一個劇本不是依據已有的情節形式，劃出一個叫作結局事件者，戲劇行動就會結束的。他進一步指出，一個完整戲劇行動是必須需要讓觀眾心情平靜，不曾留下任何疑問，才能算是結局。並以他自己創作的*Cinna*爲例，做了一位創作者的經驗示範證明。請參讀他的戲劇三論，在此不予引述。在此引用一個國人容易認知的實例。

在過去六十年中，黃梅戲《天仙配》與崑曲《十五貫》堪稱雙璧。該劇在安慶演出時，基於推陳出新的政治意識，刪去封建的尾巴，沒有演出七仙女送子下凡的傳統情節，結果觀眾不散，要求加演送子。這就是觀眾在心理上不能滿足。因此，不因把戲演完，就叫作結局，必須加上滿足觀眾心理，才是結局；這就是說，劇本與觀眾皆要看到一個結果，這種才稱爲封閉型情節。那麼，《玩偶之家》的娜拉離家出走了，她到哪兒去了呢？或《王子復仇記》，王子決鬥死了之後，是上天堂，還是下地獄呢？如果觀眾不問了，也滿足了，這種就算是封閉型情節。

開放型結局，成爲另一類結局模式，應該是出現在布萊希特的《四川好女人》（*The Good*

Woman of Setzuan），其結局中說：

> 你們正在想，這個劇今晚演出
> 沒有看到一個眞正的結論，不是嗎？
> ……
> ……
> 我們也感到洩氣了。幕都馬上就要落下了，
> 什麼也沒有解決，所以惹得我們也有點惱火。（1966, 109）

這段表示劇快要演完，但還沒有一個結局，也無從結束，這種情節與結局結構稱爲開放型。這段裡的你們、我們，分別指台下觀眾與台上演員，雖然稱爲開放，但仍然表示，劇本與觀眾還是共同需要一個結局。沒有結局怎麼辦呢？讓觀眾回家去想想吧！讓觀眾思考的問題並不複雜，只不過是找到或找不到，或解決與未解決罷了。本人特別喜歡《等待果陀》（*Waiting for Godot*, 1953），它探討現代人的精神生活，全劇等待的主人翁果陀（Godot）一直未出現在舞台之上。誰是Godot呢？本人開玩笑的說：God do it，意爲天曉得。等待什麼呢？天曉得！於是乎，我們觀眾可假設一個天曉得的等待是原子彈所引起的恐懼與焦慮。等劇演後，再假定下

一個等待是愛滋病、反核……的恐懼，這個恐懼的焦慮又回到本劇的開始，去等待直到結局。如此有一百種不同的焦慮，就是一百次不同的循環，再回到本劇的原點。本劇在結局時，不曾要求觀眾回家去想，但永遠周而復始的等待與焦慮，沒完沒了。這種結局也應該列入開放型。

改編《十五貫》無半分意思要選擇上述兩種開放型結局模式。相反的，本劇改編自始，就自覺的採用古典自身交織情節。經過以上的說明，〈謝幕〉卻將本劇創作四元素成爲「未完成性、不確定性、不可預測性、無限發展性」的本質。如果今晚謝幕，因演員的討論，爲回應觀眾的要求，在第二天上演抽下，或改，或插入一場，則這四元素就變了一次。如此，在不同的劇場與時間，演出一千場是不是本劇的主題，就變成永遠的無限發展性呢？換言之，每一次的改變，就是對原有主題的另一次一知半解的修正。這種修正，不可預測，永無止境。因此，本劇僅求一個封閉型結局，卻永遠得不到這個結果，且適得其反，而變成一個開放型。這個特異之處，它可屬於另類的結局模式，正是原本不曾設計的。增加〈謝幕〉不料產生新結構形式與意義，不敢斷言是劇壇破天荒，至少是不曾正式用過的試驗。就把〈謝幕〉作爲新傳統主義的標籤，能否成爲名牌，且讓市場去決定吧！

有朋友指出，當今社會，何時、何處、何事、何人，找不到不確定性的狀況，又何必轉彎抹角的尋求傳統體裁借題發揮呢？誠然，就一件事，一個人能在八個不同的場合構成八種完全不同的正義，眞正做到佛家「無執、無住」的極處，從這位人士的三百六十度角，做再精準的檢視，就是查不出哪一度是他的眞實人物性格。試問他的內在三百六十度性格與他的八種正義，有哪一項你能信賴是所確定的本質呢？處在這個社會中，我們要原諒身爲自己的現代人，有酒毒、菸毒、食物毒、病毒、傳播毒。空氣中充滿一切的毒、毒、毒的環境下，讓人人時時可以發作，所以呈現表現主義可怕、可愛、可恨的一切夢境，除了完美之外，能成長成未完成、不確定、不可預測、無限發展的人物性格。對創作而言，一個沒有固定人物性格的人（characterless），雖然他的三百六十度人物性格或他的八種正義，可能沒有一度或一項是完美的。由於不確定性就是未來創作可塑性的基礎，這不正是由一個人一件事從未完成到無限發展的一知半解，作爲探求人物性格內在眞實的最佳方法嗎？的確，這種現實生活的體裁，可能俯拾皆是，新傳統主義爲何還選擇傳統體裁呢？

改編《十五貫》想把它由悲劇轉換成喜劇。喜劇創作的基本模式，一定要有一個仿諷體（parody）。這種創作方法的基本條件是必須找到前人作品作爲不可少的先決要件，之後，才作爲自己作品中的諷刺對象物（或行動者），藉而凸顯它的可笑性。這種創作法源自古希臘喜劇，引自悲劇家作品的例子不勝枚舉。比如我國文學中，「臨難毋苟免，臨財毋苟得」，這是格言，已經具有固定、確定的意思，爲大家所共同認知，但改成「臨難母狗免，臨財母狗得」，就變成可笑，這就是仿諷體形式。因此，一定要先找到林肯的那一張臉，作爲唯一的行爲準則，可以取信於讀者，再去諷刺現代人的八張不確定臉孔，是何等可笑。Aristophanes說得好，能在傳統中找到適合的體裁，是創作喜劇最困難的部分。不然，就失去創作喜劇的興趣了。

改編《十五貫》就是借用這則傳統冤案的體裁，探討人物性格的不確定性。試問人的一生中，所遭受到的苦難還算少嗎？進劇場找點樂子，何必再看痛苦表演呢？如果藉著表演能將人間點化成快樂，這不正是佛家的慈悲嗎？悲者救人脫離苦海，慈者助人快樂。劇中婁阿鼠自認了自己的罪，「莫朝活處去，專向死裡逃」，以一死抵一死，自己懺悔；就是這一點改變，帶來意外的歡樂。周忱莫名其妙的一點改變，將一個死犯變成活囚，放生了；就是這一點改變，帶給人心的歡樂。藉著〈謝幕〉的演員們相互的辯詰中，像喜劇結局的狂歡或各地嘉年華，呈現人間各種的歡樂吧！將喜劇的氣氛掩蓋著悲劇痛苦。讓這件原本可恥的冤案，透過本劇，讓台上台下一起爲它帶來的一點改變歡呼吧！

本劇改編就是一種批評。既然批評了過去，也要接受未來的批評。在此對批評者說幾句話。創作理論是爲創作者而建構的，而不是爲了批評者。創作者以自己的思維完成新傳統主義作品的嘗試。實質上，不需要批評者以這套構思來批評它。希望評論者不只是背誦一些陳規舊調，拾一點西方主義的牙慧，自以爲博學，或不痛不癢的說幾句學術術語的或褒或貶，更不要做些等而下之的評論；而是借重他們的眞知超越，至少也要趕得上時代的創作思維，自能提其神於遠處、高處，看到現在不存在而存在的推理眞實或形象，相互激盪創作者的創作思維，提升創作行爲，這才能保持創作者與評論者生生不息的雙軌動力與成就。重複的述說，本人一直秉持一位評論者的職責是對愈高的創作成就，提出愈嚴厲的批評，爲的是提供提升下一階段創作高度的基石。改編《十五貫》能否成爲新傳統主義作品的一個例子，這不僅是個人一個企圖，更希望成爲一種新文類的發展，這個方向對不對，有待共同的努力，請大家多多匡正指教了。

七、幾點詮釋新傳統主義的附帶說明

對於上述的新傳統主義，做一個概括性的釐清之外，還有幾點附帶說明。首先，就是建構本劇改編的本體基本核心架構，是先選出要改變中國戲曲從未曾有過的一個源自西方的自身交織情節，再把這個傳統故事，以削足就履的方式加以肢解或建構，成為一件件或一片片的拼圖單片，再將這一件件或一片片的碎片塞進這個訂製的情節模子裡。最後的目的，當看到最後一片拼進整個拼圖畫面時，希望每位觀眾能像小孩子玩拼圖時興奮的高叫：「我找到了」（*eureka*）的那份驚喜，享受片刻的劇場審美喜宴。相同的，選擇適合這個時代的時尚想法，表示老體裁的升級（up-grade），再塞進被肢解的每件主題之中，就像為每件拼圖塗上不同的各種光怪陸離的色彩，拼成之後，顯然的，大大的不同於原先素色的拼圖全圖。這個結果，被命名曰：新傳統主義。這種改編法，說句取笑的話，說穿了，就是胡扯亂湊，而姑且美其名曰：積木式或樂高式（legos）結構法了。比如說，〈楔子〉只是要表達「一句戲言惹禍」的具體、形象情節化，完全仿照宋雜劇的演出，先演一段豔段，可長可短，待觀眾多了，到齊了，才演正戲。雖然這種宋雜劇的形式找不到了。但宋本《京本通俗小說第十五卷：錯斬崔寧》，就保留一個完整的實例，一位少年舉子與妻子說一句戲言，導致失去考上進士的功名。本劇的原型（proto-type）就是源自這篇話本；所以，本劇完全加以保留，維持原有的豔段楔子，並且引用了陸游的眞人眞事以資取信於觀眾，玩笑是開不得的，爲了東拉西扯還選當下的一點醜聞。事實上，天下因爲一句戲言惹禍上身的，俯拾皆是。如果因演出的需要，增加一個，或減少一個，或演出的當地有個更夯的實例，就增加進去，或取代之，而原來〈楔子〉就可減，就可刪，這又何妨呢？這就是所謂的體裁積木式或樂高式的可增可減方式。再如〈夜審李世民〉，這是取材唐代的俗講，將它扯進來，是爲了配合判決不公的主題，連門神尉遲恭都辭職不幹，不爲這些不公不義的人守門了。且問：有哪位是以仁義得天下的呢？像尉遲恭這種輔助君王得天下的大忠臣都反叛了，這些君王的心中還不會想等我有機會就革你們這些兔崽子的命？這種例子還會少嗎？阿拉伯之春，下台、斷頭的領袖，哪一位陰魂不想回來革命？就看這些幽靈的能耐了。相同的，爲了適應或選擇最適合當地觀眾的認知，就將這一場捨掉，插進觀眾熟知的體裁，提升他們的興趣。還有周忱欣賞官家班子，演出西門慶與林太太的那一場，完全不見於文本，如果演出的劇團有位風騷旦，能把林太太演得勝過潘金蓮，塑造出一位性感女神，就將這場形體化，增進去，演員有本領，爲何不讓她一試呢？就像一塊樂高取代另一塊，完全無損於原有的結構與主旨，又有何不可呢？本劇本人視爲破履，凡演出者，憑著想像補一塊毛皮、一塊刺繡或貼一片金箔，任由君意，只要合腳，就去樂高一下吧！

第二個想法是，如何將樂高或結構應用到表演的形式上。德國東柏林有個百年以上的表演劇場，在記憶中的名字是The Palast，在它的演出節目中，同一場可能同時有芭蕾舞、大腿舞、說唱、演戲、小丑、魔術，甚至馬戲團，連當時的汽車都上舞台。他們應用了各地、各文化，不同傳統、不同人種的表演等等表演元素組合起來。觀眾進場，主要是找樂子，看到他們的觀眾那種歡樂的情況，簡直是如癡如狂。這種多姿多彩多變化的程度與藝術成就，依我的判斷，絕不下於現代的太陽馬戲團。觀眾的本質，基本上，是既好奇又平凡；再有學問的人，只要成爲舞台下的觀眾之一員，就具備這種本質。比個人更富於感情，短於理知、短於思考、短於公正，長於衝動好鬧事的一群現代文明野蠻人。他們不是評論家，並不在乎什麼表演形式統一之類的要求。他們的品味、口味皆不高，他們所要的只是爭奇好豔，任何新形式、新元素，煽起他們的情感和興趣，就賺到他們入場的票錢。

既然如此，在改編時，就沒有刻意預設一個固定的劇本形式。爲什麼非抱著維護、發揚中華文化之類的，政客賣江湖的一句老口號呢？讓劇本適應演出者的演出形式規範與要求。比如第一場〈楔子〉就是保持宋話本說書的形式演出；第二場是戲曲，接著是彈詞，相聲，乃至一場舞曲、話劇，加上歌仔戲（任何一個地方劇種）、布袋戲，又有何不可呢？將一切可能的表演，重組拼湊在樂高的演出形式之中。我又要提於不見文本的西門慶與林太太的那場，如果以人偶共演，表達這場情慾的話，雖不敢保證，但它的表演形式與表演藝術成就，可能征服劇場的觀眾。

不過，我在此提醒演出者，說一句小器的話，不論導演怎麼抽下或怎麼拼入，只要依照本劇的模式，請你們不要忘記付我應有的版稅。

第三點還想提一下，對演出本劇如何能保持中國表演體系的特色。現代劇作家特別喜歡在他們的作品中寫進大量的演出提示，蕭伯納的《人與超人》可能就是一個好例子，以展示他們導演或演員的才華。本人無半點導演與演員創作角色的舞台實務經驗。本人的〈傳統戲曲符號表演主義〉長文，係建構一套傳統戲曲成爲世界三大表演體系的理論基礎。當然，重視本劇的演出，請導演與演員能理解這套理論，致力轉換成爲實踐。按這套體系，以最簡略的說，是依中國文字表達文意的方法系統，創造一套表演的藝符（signifier），作爲演員在舞台上表演的肢體形符，這套形符再轉換爲台下觀眾認知文意的意符（signified）。這套表演特徵是台上演員表演的「概念」眞實，與台下觀眾內心經驗眞實，合而爲一，成爲一套獨一無二的體系，其表演結果，遠遠超過文本之外，可稱爲meta-text（超文本文意之外），帶來meta-theatre（超寫實劇場之外）的表演意義。這種表演是演員自成表演體系，超出西方劇作家指示的想像，亦即西方劇場不曾有的特色，我們怎能不予以重視？僅舉個實例說明。

在《坐樓殺惜》中，宋江尋找失落的招文袋。馬連良用〔水底魚〕上場。這支曲牌，節拍急促，以示腳色行路，行色匆促。從馬派身段漂亮、動作瀟灑中，以這支曲牌表現宋江找得心「急」。鑼經〔亂錘〕是表現人物的焦急、煩躁與紊亂心境。而周信芳則用它上場，表達他尋找時心中的「怕」。看起來這是兩個演員對文本表演的不同詮釋與創作角色的企圖。本人認爲，這種現象是一個演員一連串的表演，可視爲一個整體的肢體形符；而配合文武場的音樂，可視爲聲符。這兩者的結合，即由原來文本到舞台的第二度創作，產生出新文義。這在西方寫意劇場，即沒有這套演員的肢體形符，不論何種形式的配音，也不可能產生這套聲符。這種戲曲表演形聲符號產生meta-theatre之外的文義之豐富是不可預測的。在此僅就本劇中的各個過場戲，應用文武場的聲符與演員肢體形符，創造出那種衙門外民眾浩大抗議陣勢，超過莎劇《亨利第五》，只能想像英法在Agincourt戰場，而不能在舞台上呈現的場景，能具體的形象展露在觀眾的眼前，就足以顯示戲曲表演特徵了。以上幾點聊備對本劇演出的參考，其餘就不一一細列了。

八、獻給李曼瑰老師

將這本改編的新傳統主義試驗品獻給我的恩師，李曼瑰先生。她老人家是台灣現代戲劇教育的奠基人。我與曼老，朝夕相處凡四載，每念待人慈祥，寬容雅量，平生未見有如師者；我則身受如慈母。我赴歐求學，臨行師贈五百美元；俞師大綱送我一張如雲輪船票，這是我出國的所有。回想往昔，不覺已四十餘年，我師音容俱在。不論我的改編是好或壞，希望能沉醉在曼老的笑容裡，更想聽到：「很好，可以繼續寫下去。」同時，這篇代序的論述，不知是否正確的說出什麼是戲劇；戲劇追求的是什麼。如果還有一點可取，就算報答恩師教誨於萬一了。當我提出Catharsis是贖罪說時，胡耀恒教授說：「如果是正確的解說，則是一種新學說；如果說錯，就讓他自己去贖罪吧！」如果這篇代序經過幾十年的學習，對戲劇的認知，還是一知半解或誤讀、誤解而致誤導、誤論的話，只能向恩師乞求懺悔了。

改編《十五貫》的因緣是在二〇一一年澳門舉辦第八屆華文戲劇節，會中浙江大學傳媒與國際文化學院胡志毅副院長極力勸我修改，或許可以成爲杭州第九屆的一項實質討論議題。美國長江劇團創辦人兼藝術總監，陳尹瑩博士④則說：「王士儀，你不能再光寫理論了，已經夠多了。知道道理，就該寫劇本。如果還繼續寫理論，只怕你這一輩子也輪不到寫一本劇本。……。希望在下屆華文節交出點成果來。」在陳修女，那般仁者和藹笑容中，若佈道般感染的「三分鐘智慧」，是足以啓迪一個人。接受了他們箴勸，姑試之，能否見得了人，眞是阿彌陀佛了。不論好壞，哪怕是玩一場一知半解的遊戲吧，都得向他們二位表達感激了。

④陳尹瑩，一九九三年受到紐約市府表揚，與貝律銘、馬友友等共列爲美國三十五位華裔文化先驅之一；市府並宣告，一九九三年七月九日爲紐約市陳尹瑩日。擔任哥倫比亞大學傳理系教授，並獲該頒贈傑出校友，係該校適百年來首位獲此殊榮之香港華人。陳博士是瑪利偌修女。

九、後記

感謝辜懷群博士爲本劇作序。當初她是我負責籌立台北中華戲劇學會時，最年輕的發起人。爾後，她擔任最長時間的負責人；同時，在我的倡議之下，成立了兩岸三地的華文戲劇節之後，她擔任會長，是位促使世界華人戲劇活動與成長的主要推手。「新舞台」在她十五年的領導下，成爲台北戲劇文化之窗，不論所選節目或自製演出，引進世界戲劇，或將台灣戲劇推上世界，比起台北任何一個舞台，更具台灣戲劇的創作代表性。以她的這些戲劇認知與經驗，她可以一眼論定一個戲劇作品的優劣。然而，在這篇短短的序言，對呈現本劇的各種可能性，並沒有提出一個肯定的長短。本人是一個徹底的理論實踐者，以理論來解構清代傳奇《十五貫》，讓這個傳統體裁現代化，讓傳統有了新生命。Modern這個字，在拉丁文、希臘文中，皆是新的，或當代或即興發生的意思；它代表著原本沒有的，或之前不曾見的形式或東西。如同目前世界各地文化的時尚，它可能有正面或負面意義的。本劇是建築在既有傳統體裁之上，不僅是要現代，更希望產生新意義。是否值得討論呢？

首先，本劇是否眞的讓傳統創造出新意義；這也表明創作從傳統產生新意義之難。其次，讀者能否找出它的新意義，這也表示認知之難。如果這兩者俱全，則可預測一種文化的成長。

辜懷群將這個討論讓給讀者，但她指出至少有些人願意接觸新知，提升內涵。在她的推薦之下，印刻出版社的初安民先生慨然答應出版這種冷門的作品。感謝他們讓這個劇本有了一個公諸於世的機會，如果眞的能帶來一些實質討論，我就更感激他們二位了。

《可恥！我們狂歡吧！》
——新編《十五貫》

第一場　楔子

蘇州城　三山書會

賈舉人：（定場詩）

「口舌從來是非根，戲語無端釀禍苗；
勸君出語宜慎之，請客官，一邊茗茶一面瞧。」
老漢賈希賢，號覺師，人稱覺公。先朝舉人，只因三次皇榜無分。本想多管一些看不順眼的閒事，就是少了個進士的功名這個名分，處處不得遂心。所幸有點薄產，日子過得還算逍遙。當今局勢誇稱臨安實是苟安，不過尚屬太平。今日閒來無事，散步消食到三山書會走走。講些典故散點餘憤，二來可聽聽四方八卦，消遣、消遣。

班　主：四太爺，到處急著找您。

賈舉人：何事呀！莫非演的《風波亭》出了什麼差錯末？

班　主：《風波亭》唱得好，做工更好。但觀眾說秦太師是爲了皇上好，就是忠心，就是對的；那，害死個把個岳飛，有什麼稀罕的，現在閒在京裡領乾薪的上將軍多得是，少一個有什麼大了不起的。四太爺，您講得再好，老百姓不想看，也不敢看。這場戲輸給東街不打緊。今天不是爲這檔事找您老的。

賈舉人：那你急個什麼勁？

班　主：四太爺，您有所不知，府衙貼出公告，後天處斬十三名死犯，蘇玉娟、熊友蘭二人也在其中，並通告家屬收屍。天下有這等事，一句玩笑話，居然送上兩條人命，這是什麼太平世道。四太爺，您老急公好義，又是名舉人的名分地位，又是我們民意領袖，您老，能不能想個法子，疏通疏通嗎？

賈舉人：班頭也，這干你什麼事呀！你以爲舉人這點名分有多大呀；這檔事，已經定案，不要說人微言輕，就是再大的人物也派不上用場。

班　主：四太爺，的確不干我的事，只不過一句笑話，就判了兩人死刑，我有點看不慣。

賈舉人：你講的是哪句玩笑話？

班　主：過大人在庭上狠狠抽了蘇玉娟三鞭，她只供稱尤葫蘆說他以十五貫把她典當給別人家當小老婆。我們四下打聽，就沒有哪一家說過這句話，也沒有哪家出過這些錢，倒是他岳家借他十五貫開店。由此看來典當之事，分明是嚇唬蘇玉娟的一句玩笑話。

賈舉人：哎，笑話千萬開不得，班頭唧，我講個掌故。我朝元豐年間，一位少年舉子，姓魏名鵬舉，娶得一個如花似玉的渾家。只因爲春榜，魏生別了妻子，上京應取，果然一舉成名，榜上一甲第九名進士，除授京職入翰林院。少不得修了一封家書，差人接取家眷入京。信上，除了得中授官、問候、相思之外，卻加上一句：「我在京中早晚無人照管，已討了個小老婆，專候夫人到京，同享榮華。」家人一逕到家，拜見夫人，呈上家書，夫人拆開看了。

班　主：這還了得嗎？

賈舉人：這當然在意中，不過，家人說了：「小人在京，不曾見過有這等事，想是大官人戲謔之言。」

班　主：既是玩笑之詞，當也無妨。

賈舉人：本來無事。這夫人也覆了封信，只言：「你在京中娶了個小老婆，我在家中也嫁了個小老公，早晚同赴京師也。」魏進士見了一笑，知道這純是個玩笑話，將此信放在桌上，未及收好。不料，外報有同年相訪。這位同年也是年少，看到桌上一封如此秀麗的書信，順手搶來一看，就把這封家書一節傳送出去了。傳送之間，不免添醋加油，頃刻之間，遍傳京邸，成了不小的新聞。號稱八卦陣，何謂也，就是搞不清楚眞相的意思。一位御史據此八卦奏了一本，說新科翰林，年少不檢，有害儒家體面，宜加嚴懲，以正風氣。居然禮部不分青紅皀白將他免了進士功名。這便是一句戲言，釀成災禍。

班　主：魏進士本未娶小老婆，妻子也沒養小漢子，這全非事實，更無實據，是犯了什麼罪，說免就免了。

賈舉人：免了不就免了，魏進士，他能怎樣。在清議的壓力之下，還要犯個什麼罪？無罪都會問成死罪。班頭喔，清議實是在太可怕了。

班　主：果眞如此嗎？

賈舉人：不信，我再講前些年的一個例子，你可知道陸觀務這個人嗎？

班　主：沒聽過，他是何等人呀？

賈舉人：連他都不曉得，眞的是孤陋寡聞矣。他就是越州山陰縣陸游是也。他在紹興二十三年考進士，被秦太師除名，於是聲名大噪，比那科的狀元還出名。

班　主：狀元是誰，四太爺您還記得嗎？

賈舉人：秦檜的孫子，還記他幹嘛？別打岔。就是因爲陸游與表妹唐琬結婚，好談風月，結果替他安了一個罪名，叫做「嘲詠風月」，於淳熙十六年（一一八九）遭御史諫議大夫何澹彈劾，罷去禮部郎中兼實錄院檢討官的職務。他憤恨不平留下一首好詩爲證：

「扁舟又向鏡中行，小草清詩取次成；
放逐尚非餘子比，清風明月入臺評。」

你可知道郎中是多大的官嗎？他再升一級就是侍郎了。這就是一時的清議輿論，給定了罪，免了官。

班　主：免官，罷了，還有再起的機會，倒也無妨。我對魏進士比較有興趣，說不定編八卦劇，觀眾就是喜歡，說不定還可扳回一城呢！四太爺多講講，他以後怎樣呢？

賈舉人：他還想再考，花了不少銀子，改了府籍，連考兩榜，皆因舊案，你想怎能讓他中呢？

班　主：原來考上，考不上，是由中央管制的呦。

賈舉人：我可這麼說，這句話可不准講。雖然是句笑話，倒是實情。幸虧你沒有功名，不過，說話還是得小心。

班　主：魏進士的夫人之後呢？

賈舉人：他返鄉之後，一怒之下，休了妻子。這個漂亮的女人，自知不該開這種沒廉恥，只能做不能講的玩笑話。帶了些私房錢，走了。又感到沒面子回娘家，走到河邊想要投河。沒想到，她原先有個相好的，聽到她被休了。愛慕她是進士的原配，正巧趕到。半推半就，認爲這可是緣分。據說用了她的私房錢，開了一家客棧，沒想到成了觀光景點，生意做得挺不錯的，都想來看看這位進士夫人。有點名分是多有用也。

班　主：魏進士呢？

賈舉人：魏鵬舉爲了一句玩笑話，惹了這麼一場是非，心中鬱悶不樂。所幸，他父親留下一個書院，原來不賺錢。但那些主張革他功名的禮部大員，事後知道實情，同事們也覺得玩笑開過火了。雖然不是什麼好貨色，但總有點歉意，在暗中幫他一把。地方還以爲有了京官的後台，進學的人日益增多，確實連取兩榜，名聲遠播，束脩都是幾百兩計。食飽思淫慾，不少作媒名媛名妓一個不少，一個個能言善道，專撿他喜歡的說，鬧得他心花怒放。誰曉得他的補房看似名媛，實是個暗娼婊子，接著三、四房，都是她串通好的進了門，合起來，日夜操勞，魏進士哪能受得了。她就前院罵他是「死人」、「活死人」、「紙老虎」，後院裡養漢子，魏進士就這麼給氣死了，這補房以爲好端端搶了這筆大家私。不料三、四房爭產打官司，官府查案下，她們都同居沒有任何名分，也許會判充公，這也是一個玩笑，造出來的孽，你看看，你看看。

班　主：四太爺，這兩個革了功名，總比不上兩條人命吧！實在太不應該，太不人道了。四太爺，您老人家急公好義，就以舉人的功名發動連署，說幾句公道話，總比我們這些下九流的管用吧！

賈舉人：都已經三審定讞了，還有什麼法子？你們做買賣的，能騙人哄人，能想出個什麼不同的點子？

班　主：四太爺，您說的這兩個免官案，都是因爲清議的壓力，是嗎？這不就是發動民意的意思嗎？

賈舉人：沒錯，你說說看。

班　主：我說您老瞧瞧。我將東門李家瓦市裡的幾個班子伙伴找來排一齣《官府殺人殉情記》……

賈舉人：這是個什麼狗屁不通的劇名！

班　主：四太爺，您要趕得上時代，現在就是流行不通，不通才能招來那些無聊好奇的百姓。我們連著兩天在西門刑場演這出戲，不只是諷刺這些狗判官殺人，爲這兩條冤魂出口氣，更要緊的是能聚集百姓，造成怨氣，到時不就成了民意了嗎？說不定打響這出戲，還多賺些錢呢！

賈舉人：你想得如意，想得美。

班　主：四太爺，馬上班子就排戲，您老看看效果如何。

賈舉人：我不看也過半了。我得回去琢磨琢磨，想別的法子。（下）

（戲班子排戲人員全上場）

班　主：排戲了！《夜審唐太宗》的各就各位，先排馬連喜的崔子玉與李長吉的李世民，你二人的那段對話。
馬連喜（崔子玉）：臣奏曰：第六曹司內有健成元吉太子，在來多時，追求與陛下對直。
李長吉（李世民）：朕若與兄弟相見如何呢？
連　喜：陛下若入曹司與二太子相見，此刻怨家相逢，臣也無門救得陛下，還是避開的好。
長　吉：他二人文狀對直何來？
連　喜：（讀狀）「問大唐天子太宗皇帝，去武德七年爲甚殺兄弟於前庭，囚慈父於後宮，仰答。」
長　吉：此干朕何事？全是尉遲、秦瓊這批亂臣幹的。這批壞帳，朕不得不全額概括承受。朕此時也只用六字作答，聽諭：「大聖滅族無訛」。
連　喜：既然不是陛下親手所爲，尊旨結案。
班　主：停。僅聽一面之詞，就結了案，崔子玉眞是做官的好料子，他的座右銘全是門面鬼話。怪不得秦太師說，欽徽二聖，高宗皇帝也沒殺，也沒囚，也不是皇上送給金邦的。連個亂臣都沒有，哪一點像唐太宗這種壞皇帝。全是二聖領導無方，累死六軍的過，你們看看，秦太師說得多合情，多合理。這就對了，老百姓爲什麼不看《風波亭》，我看這段煽動不了觀眾，就把它刪了吧！再看下一場，張小奎的黑臉門神。

李長吉：憶自武德三年至五年，朕每親征，無陣不經，無陣不歷，親砍六十四頭元兇，殺人數廣。今在陰間得知這群兇鬼由建成元吉領軍前來復仇，讓朕寢食難安。吳元①，傳旨：派秦瓊、尉遲爲正殿門神，以保社稷。

班　主：吳大將軍這場戲以下免排了，輪到黑臉。

張小奎（尉遲）：嗨！這位老哥眞混也，崔子玉這個馬屁精，陪著他從陰間偷偷回到長安，竟然授蒲州刺史兼河北二十四州採訪使，拜御史大夫，賜紫金魚袋，再賜輔陽縣正庫錢兩萬貫。我這大黑臉，他的六十四陣，哪一陣我沒參加，砍下人頭，都送給他做業績，論功啥也沒賞，也沒賜。秦瓊把老大的位子都讓給了他，結果他當天子，我倆只封個門神，天下有這種混帳兄弟嗎？他奶奶的，我不幹，我要上殿鬧事去。

班　主：停，停。夠了，不必多排了，這段罵得不錯。伙計們，門神辭職之後，那場冤魂衝進衙門的場面，要排得壯大宏偉，能懾得住這些狗判官的心，就精采了，保證觀眾high翻天，這才顯得我們蘇州編劇人才出眾嘛！

①吳力士，名元。係唐太宗太監，爲五代太監之祖，百官尊稱他爲大將軍。

經　濟：老闆，我看不成，明天一旦煽動了群眾，造成抗暴，那就事大了，班子吃不完兜著走。

班　主：正合寡意。接著排〈罵壞官〉這一段。袁德海，你是大白臉奸相，罵壞官，要扮出《擊鼓罵曹》的氣勢，好比比看，哪一段更能煽動起觀眾的激情來。帶大鼓了沒？

德　海：沒帶。

班　主：那就雙手比劃比劃，看夠不夠勁道。

德　海：要罵的壞官名冊上列得實在太多了，編劇還沒編出個秩序來，聽說有觀眾想買單篇簿子，挺受歡迎。

班　主：把本子給我看看。……那就依照百家姓排吧！一個都不少。怎麼少了個尤葫蘆？

德　海：尤葫蘆，不是官，是個殺豬的，不是殺人的壞官，怎能把他排進去呢？

班　主：說的是，我糊塗了，這叫高士不在百官表呀！既然我們要罵的壞官集團，他們官官相護，我們是老百姓，就民民相衛吧！這個口號不錯，此計甚好，大家鼓掌通過，也就有了民意基礎，明天就演這一段吧！

小　奎：老闆，不行。我的門神，已排了不少場了，戲分不能少，不能刪，還得照演……

班　主：噢，噢！（陶復朱，垂頭喪氣上）（打招呼）陶掌櫃，……您怎麼也趕來了。

陶復朱：執事七先生，實在不得已，被逼來收屍的呀！

班　主：這場冤案，我們不相干的人都感同身受，您是更深一層，實實在在吞不下這口氣，我們瓦社要氣氣這般狗判官。您看我們正在排，明天上演《官府殺人殉情記》。

陶復朱：眞是愛說笑。明明是逼死的，哪來個殉什麼情呀！

班　主：熊友蘭蘇玉娟原本是不相干的兩個人，就是因爲壞官誤判把二人扯在一起。我們班子將錯就錯，編成他們二人殉情。反正馬上就處斬了，還能跟我們吵不成。

李長吉：對呀！就是嘛，我們把他們二人扮成合法夫妻，只是二人合葬，不知用祝梁蝴蝶或活捉三郎作爲結尾還未決定。

陶復朱：哪有個什麼結尾？他們二人本來就沒有個夫妻名分，他們一定不會同意，要合葬我就不同意。

小　奎：眞奇怪耶！狗官判他們死刑，難道他們同意了？還是你也同意了？我們演成合葬，他們管得著嗎？

德　海：對，我們就這般演，不過，蘇玉娟家無人前來收屍，也只好合葬。

陶復朱：不成，你們演合葬，我管不著，眞的合葬，我可出不起。

小　奎：爲什麼出不起？

陶復朱：熊友蘭是我店裡一名伙計，爲了這場官司，逼得我已經花了一百兩，足足虧掉店裡一年的本利錢，這次只帶一口棺材錢，再付不起另一口。

連　喜：這就對了，將二人塞進一口棺材不就算了嘛。

陶復朱：不行，棺材是我買的，我不同意。

班　主：不好，甭爭。我想倒不如趁著這口棺材，將計就計，擴大《殉情記》的悲情效應，刺激民情急憤，明早大夥們起個大早掃街遊行，跟大家說缺蘇玉娟一口棺材，叩請鄉親，土親人也親，賞這次義演《殉情記》一個光，募一口棺材，說不定能湊出三口呢！

陶復朱：如果成眞，多出兩口怎麼辦，是不是就省了我的這一口？

班　主：不成，大夥想想，怎麼處理多出的兩口棺材，……有了，就紮兩個惡判狗官，來個人民公審，讓他們陪葬。

連　喜：我想我們都知道他們二人不是眞兇。不如留口棺材放在街口，作爲抗議，等待一日緝捕眞兇，這樣來得有些意思。

衆演員：此計甚妙！依此而行。

班　主：阿花呢？（內應：來了。從後台跑上）阿花，妳是當家哭旦，妳要找出歌仔簿，選出最好的哭調，還得多準備幾大段，好叫大家哭，一哭錢就擲進來了。

阿　花：這段「青青的草原，一眼望不完」的哭調如何？

班　主：不對，不對，這段哭調與冤獄無關。

阿　花：那就選《五子哭墓》的嘉義哭的那段「阿爹阿嬤呀也……」。

陶復朱：阿花的哭調，很感動人，搞不好明天台下哭成一片，說不定捐出十口棺材，那該怎麼辦？

的關卡。他說：「我們鼓勵所有屬

102.2.27.A14

台灣孝女白琴 登上BBC

【編譯馮克芸／綜合報導】英國廣播公司（BBC）網站26日大篇幅報導台灣即將消失的喪禮習俗「孝女白琴」，題目是「台灣最知名的專業送葬人」。

BBC在序言中說，別人叫你哭你就哭，這很不容易，但「台灣最知名的專業送葬人」劉君玲（見下圖，取自BBC）卻以此為業，日復一日在她不認識之人的喪禮上哭。

「孝女白琴」雖然頗有爭議，被某些人視為將悲傷商業化，但BBC引述劉君玲的話說，這個行業其實在台灣相傳已久，按照傳統，死者需要生者高聲送行，才能順利邁向來世。

報導中說，傳統台灣喪禮很講究，混合著沉悶的弔喪和快節奏的高聲娛樂，藉此煽動悲情。就娛樂部分，卅歲的劉君玲和她的「孝女隊」會化上妝，做幾乎是特技舞的表演，包括劈腿、翻筋斗等；到了弔喪階段，劉君玲會穿起孝衣，以雙手雙膝爬向棺木，同時在音樂的伴奏下，大聲哀號。

BBC說，她哭嚎的聲音介於唱歌和哭喊之間，還有台語口白：「阿爸啊，你女兒思念你，請你回來喔！」

劉君玲堅稱她的哭都是真的，她說，她會投入自己的感情，把喪家當作是自己家人，她說：「看到那麼多人哀痛，我自己會更悲傷。」

報導說，劉君玲看起來比實際年齡年輕，她在家穿著橘色慢跑裝，還塗著亮閃閃的指甲油，比較像是幼兒園老師，而非殯葬業專業人員。她現在有近廿名年輕貌美的女助理，在一片不景氣聲中仍生意興隆，但北台灣只有她還從事這一行。

劉君玲幼年時失去雙親，11歲開始與外婆和哥哥從事殯葬業，她說她的工作「能協助人們釋放憤怒，並說出他們不敢大聲說出來的話」，目前她每次收費最高約新台幣18000元。

經　濟：可能估得太高，怕明天全被鎮壓，連一口棺材錢也湊不齊，反而浪費了買紙庫錢。

班　主：還得買，那就買些紙紮棺材。這些狗官平常罵我們是下九流，專幹男盜女娼的勾當。明天我們要做一件正經功德的事。他們二人合葬，把這些狗判官公審燒成灰，陪他們二位冤魂到十羅殿去講仁義道德去。不然我們還相信地獄的公道幹嘛呢？今天不早了，夜上再排幾個大場子，在此交代大夥們，明天一旦鎮壓，不得做任何反抗的事，大夥子一起哭，對我們可能是宣傳，還可以賺一票，記在心裡，回去吧！

第二場　拒斬

蘇州府牢房

熊友蘭：啊呀！苦哇，好冤呀！
　　狗官殺人紙一張，無力爭，無能爭；
　　待死神，怨不得，尤不得；
　　空留餘憤恨，只恨當時自己一片好心腸。
禁　卒：熊友蘭，恭喜你了。
熊友蘭：受死之日，喜從何來？
禁　卒：人無百歲難免一死。坐監之苦，也該受夠了。事到如今，縱使再冤，也難回天。菩薩說得好，無罪受死，解脫六道輪迴，永離人間地獄，望你託個夢說你直往西天。

熊友蘭：心領你的慧口了。只因一時善心助人，心身受盡折磨坐監之苦，總想洗清汙名，今日看來，斷然無望了。所幸家無妻小，倒少牽掛，只是愧對二位老人家。今日我命將終，託你一件事。我有二十五兩銀，在恆興莊入股，請轉告朱掌櫃，取回送交我母，盡點孝心，別無遺願了。如有相報，只待來世了。

禁　卒：受你之託，放心吧！不要冤了，你這官司，早該發落，能拖今日，實屬稀奇，從不曾見過。又巧的是今天監斬的是我們蘇州府況大人，人稱青天，這又是稀之又稀。聽說有舉人請願，況大人答應重審，這更是奇之又奇。這不是可賀可喜嗎？果眞重審，從未聽過，這是你的造化，大難之日，未必不是大喜之日。千萬記著案中，沒有你們任何一句實話，要好好申冤，全在今晚了，現在解送你過堂了。

熊友蘭：記下了。恩感不忘。（同下）

（蘇州府正堂，況鐘先上）

況　鐘：「自任府牧有幾秋，爲官廉正體民怨；奉旨監斬冤中案，乞祈神明朱紅鉤。」

（自白）

說來蹊蹺，這原本是常州的命案，爲何拖到今年，改在本府處決。本不干蘇州人的事，何來惹得民憤沸騰，仕紳請願，瓦市班子兩天鬧市，百姓造反，前所未有，折騰一天兩夜筋疲力竭了。爲了安撫民怨，固然是便宜行事，也是逼於無奈，勉強答應，斬前重審一次，（大堂外人聲喧天）迫於形勢不得已，不得不敷衍敷衍。中軍，宣升堂。（一切人等依次上堂）

嚴師爺：啓稟大人，近些日子，各處寺廟、道觀傳出門神離職，冤魂四出作祟，全城人心不安，這兩天東西二街形同造反，大堂外人群洶湧，爲了謹愼，今晚重審，爲避冤魂，關起大門，以免不測爲是。

陳訟師：嚴師爺，說哪裡話來，這次重審，不就爲的是要天下人知道爲官公正嗎？不知師爺你巧借神鬼之說，關起大門爲何意，莫非黑箱作業，敷衍了事，草草結案否？

況　鐘：這次重審本府特准各界公推你做公證人，到庭爲死犯辯罪，就是爲取信於民。

陳訟師：況大人之言，令人起敬。大人果眞是人言爲信，重守諾言，做一次實質重審，而非重閱文卷，以昭百姓的了。

況　鐘：本官秉正任事，歷歷皆在民心，當然重諾守信。

嚴師爺：陳訟師，你平日為人，專挑官府的瑕疵，玩弄民憤。容勸一言，說話三思，憑點良心呀！

陳訟師：小人也奉勸師爺一言，是就是是，非就是非，莫要巧言嫁禍貧賤，不是好官，也非好漢。況大人為官廉正，人言為信，小人摸著良心，難道就不能出言為公嗎？這才是訟師訟字的本分。

嚴師爺：好張利口！在下倒要領教，領教了。

況　鐘：二位不必爭一言長短。本官光明磊落，冤魂之說，做得正，自然煙消。本府當然敞開正門，任由聽判。（此刻大門擠滿了人）劊子手提熊友蘭、蘇玉娟兩名死犯上堂。

劊子手：罪犯當堂。

況　鐘：熊友蘭，蘇玉娟，殺人償命，自古皆然，三審六問，律令當斬。不過本府順乎民意，允諾五更刑斬之前，重審本案，果有冤情，你二人從實招來，讓本官做個憑斷。熊友蘭，你先道來。

熊友蘭：禁卒大叔說大人是青天，如今三審六問判成死囚，事至今日，何懼一刀痛？只恨不忍清白上黃泉，我也不信青天能回天。只想青天容我罵這批狗判官，我上西天，他們早日墮入大阿鼻鐵車地獄，去讓百千鐵輪輾。

（外叫罵得好）

況　鐘：大膽狂妄，公堂之上，竟然公然辱罵命官，你是個死囚，這場重審是分外之恩，切不可氣急敗壞，圖一時口舌之快呀！

熊友蘭：叩請大人提醒，我原以爲受刑一刀痛，是免不了的，能多罵幾句，讓我死得痛快些，多一刀又何妨呢？卻一時氣憤忘了正經申冤的話。

況　鐘：現在容你好好的講來。

熊友蘭：請問大人三審六問，除過縣令開庭屈打成招之外，小人就沒見過有哪一審哪一問，這樣就是四審八問，那請來個諸葛亮，也是個過縣令的原判，這叫做什麼三審六問？請問青天大人看看判案中，有我們犯人一句眞實的話沒有？

況　鐘：全是你們畫的供，當然全是你們的眞實話。不過，你說幾句看看，與本案卷上的有何不同？

熊友蘭：小人馱的十五貫錢袋，十五貫錢是我的，錢袋也是我的。蘇玉娟指明這個不是她父親的錢袋。請大人看看，小人從淮安到常州取貨，帶的錢袋是空空的，沒有一文錢，專門就等著在路上搶錢殺人，搶到正好是十五貫，一文不多，一文不少，去店家付款取貨的嗎？天下有這種做買賣的人嗎？我另帶五兩碎銀做盤纏，放在另個包包裡，就是怕把錢給弄混了。爲了愼重，將十五貫提貨單的單據，每次皆偷偷的藏在裡頭，以便取貨時，銀貨兩訖之用。這就證明這十五貫是我的。我問過大人到常州廟口張家布行查對一下，便知眞假。請大人看看有無這段實錄？

況　鐘：提貨單在哪裡？

熊友蘭：只要他們沒毀，小人就能找得出來。至少，朱掌櫃店裡一定還留有副本，立刻可以查。

況　鐘：師爺可曾查過？

嚴師爺：他們說沒查到尤葫蘆的錢袋，所以就沒有記在案裡，把蘇玉娟的口供，記爲兩人串供，列爲僞證，因此定案。至於張家布行，倒是沒有一點記錄。

陳訟師：況大人，這是發現犯罪認定重大證據，依法，可以提出特別上訴，要求更審。

況　鐘：陳訟師，不要急躁，現在不就是已經在更審了嗎？

熊友蘭：再問青天大人，三審六問都一口咬定，我倆犯人是奸情殺人。小人是淮安人，她是常州人，二人素不相識，如今方知叫蘇玉娟。只因她一大早走迷路，順路同行，既不是通姦，何來姦情？難道滿街男女同行全是通奸不成？

陳訟師：偷錢見贓，抓奸在床。如果男女同行皆是奸情，況大人如同意的話，現在大堂外，可以緝進一千對，一起陪審如何？

（外面哈哈大笑）

嚴師爺：休得胡扯。

陳訟師：熊友蘭的說法，是合理推斷與無罪推論，沒有發現通奸實據之前，不可強加定罪，請大人再查。

蘇玉娟：請問青天大人，不知可容小女子進一言？

況　鐘：但且講來。

蘇玉娟：這場冤案，事因我而起。我繼父說第二天將我典當，得十五貫，我只好趁著夜間偷偷趕到親戚家問個明白。沒想到晚上迷路，巧遇熊官人，帶我一程。本與他素不相識，不料累及生死，深感不安。我的繼父待我不薄，兇手殺了他，我哭流盡我的淚。人家說強盜搶劫，不殺奴婢，這叫盜也有道。三審六問官府也該有個道義，青天大人說殺人償命，一條命不值償兩條命。我償一條命，已經冤了。如今我償我這條命，請大人免了熊官人無辜的一死。

嚴師爺：這是朝廷的王法。

蘇玉娟：那這條王法，一定是一條不正道的王法。
嚴師爺：好生大膽，一個小女子，竟敢詆毀朝廷。
蘇玉娟：將死之人，就請原諒了。師爺息怒，既然不能改判，乞請況大人成全小女子一個請求。
況　鐘：本官盡量成全，講吧！
蘇玉娟：三審六問判定我倆是姦情，我想將錯就錯，成全我倆死後洗清這個姦情的污名，叩請大人給我倆一個名分。
況　鐘：何謂名分？
蘇玉娟：討個夫妻的名分，黃泉路上，也好結伴同行。請況大人恩准，讓我倆將公堂作洞房，爲我倆證個婚。
況　鐘：（大驚）這……這……
嚴師爺：這簡直無恥荒唐。
陳訟師：准就准，不准就不准，也犯不著擺官威、擺權勢傲人。
熊友蘭：我不幹，我發誓不幹，要結你們去結。我們本來不相干，今晚下地獄，我半點姦情也沒，姦情是狗官判的，我堅決反對不幹。不管到哪，西天、地獄，再也不要跟妳同行。

況　鐘：准也沒用，如此奈何？

蘇玉娟：噢！你們去結，顯然他不肯。勞請青天大人，在花堂上代他結個婚。

（唱倒板）

顧不得，恥與羞，求清冤白，

公堂上，乞大人，破我閨女身。

況　鐘：大膽放肆，大堂之上，竟然講出這等齷齪勾當，公然侮辱本官，衙役給她掌嘴。

陳訟師：況大人，何必氣急敗壞，也是驚慌失態了。這不正是粉碎姦情最有利的眞據實證嗎？只要滴出這滴血，還有哪一個庭上能定她的罪，讓我們讚頌她的勇氣吧！讓天下做官人汗顏。大人及時，當下改判吧！

況　鐘：謝謝賜教。

蘇玉娟：且慢，我還有話要說。爲救熊官人一命，我不怕一刀斬，也不畏千刀剮，還怕掌嘴嗎？只想讓青天大人知道，三審六問，爲官的全說黑心話，這滴血，照亮出水，方知白蓮花。淨水映紅蓮，妾身守脂玉。自比觀音大士座下的，就是這朵白蓮花。讓落紅公堂一滴血，寫成大人上奏朝廷，還我清白碧血貞節表。三審六問判我殺，難道青天大人也不敢表一表？

（大堂外，高呼平反、平反）

陳訟師：人不畏死，能奈何？況大人聽見堂外的民意吧！能不怕這些鄉親三寸舌？

況　鐘：這朵出水白蓮花，湧來的瘋狗浪勝過八月十八錢塘潮，讓我慚愧得心驚，嚇得我膽跳，這該如何是好？不畏官府千紙狀，只怕鄉民三寸刀，這如何下判呀？天啊！這支硃筆千斤重，神明呃，我提不起，也下不了。

嚴師爺：大人，判刑吧！依法而斷，依法而行，一切合法，有朝廷王法挺著，何懼之有？何畏之有呢？

況　鐘：師爺，少此言語。此刻維持原判，外面群眾盲目，一旦衝了進來，誰能頂得住這個罪呀？以法殺人，暴政也。讓本官冷靜片刻。

（忽聽到外面高呼門神不在，冤魂衝進大門了）

衙　役：稟報大人，外有急情稟告。

況　鐘：一事未了，一事又到，快快講來。

衙　役：大人，大堂外全民鼓譟，賈老舉人請願團衝進大院，具狀要告都府大人，現在擋在中庭。

況　鐘：還好，還好，不是群眾，快快傳上。（中軍遞狀）（況讀狀）……呀！哇！哇！「揭發……巡撫……貪污」。……（拍驚堂板）這還了得。……罷！罷……。為民請命事小，狀情事大。（止住師爺與訟師）爾等不必多言，本府自有囑吩，取本官印信，中軍備馬。本官趕謁都爺，提出特別上訴，陳訟師立刻傳告百姓離去，等待處理。嚴師爺，未返之前，代理一切，不得有誤。（齊下）（只留四劊子手打渾）

劊子手：枯等一宿，心中有點蹊蹺，昨晚燈花亂跳。咱們多喝幾瓶老酒，壯壯肚子倒挺好。今天原本是正當執行公務，不知心底就是有點毛。天下哪裡不死人？三審六問都判了，犯人就是合法的死，十二道金牌皆管不了。從沒有依法判死的鬼，會變成申冤的，因為它們都知道是合法的死。不知況大人今天監斬，為什麼不守法，讓他們死，有何畏之有？今晚不斬，明天家屬又得多給我們兩瓶酒。（下）

第三場　見都

蘇州東街瓦市《夜審唐太宗》，李世民在夢中，聽

崔子玉：宣讀：「陛下若到長安，須修功德，發走馬使，令放天下大赦，乃東門西門街西邊寺錄，講大雲經。陛下自出己分錢，抄寫大雲經。」爲二太子薦福，聊表陛下一點懺悔之意，陛下未守諾言……

太　宗：去他的，什麼諾不諾言，有什麼值得懺悔的？

（見建成太子率領紅衫、黃衫、綠衫、藍衫、黑衫各軍進攻，這場耍各色旗子飛動全台，氣勢蕩大）

（門神秦瓊抵擋不住，紅衫軍突圍，冤魂圍戰唐太宗）

（以武生表演，要像林沖山神廟，至少八至十二打手，演大出手，把唐太宗摔得好慘，並聽到）

鬼魂叫：今晚取不得他性命，要元吉太子黑衫軍才行，趕快趁尉遲不在。（夢中見尉遲倒騎驢進殿，背著太宗）

太　宗：黑蛋，你怎生這等模樣，爲什麼不幹門神？

尉　遲：這是太上李老君教的，這叫倒行逆施，自己走自己的路。

太　宗：黑蛋，你別生朕的氣，要封什麼，就封什麼，封你大元帥。

尉　遲：屁屁屁，給你三個屁，什麼都不要，什麼名義我都不要。老子幫你打天下，爲的是正義，你這狗蛋當天子了，封崔子玉這麼多官銜，只給我無給職的門神，有這等不正不義，老子要主持正義，放出冤魂來申冤，讓你夜夜不得好死。

太　宗：黑蛋，你吃錯什麼藥，給我滾下去。（忽然不見尉遲）待朕平了黑衫軍，再發動個大革命，收拾這批狗脔的。

（見元吉太子率黑衫軍鬼魂上，衝進宮嚇得唐太宗逃。同下）

（在這場戲的幕上可掛當下最夯的阿拉伯之春獨裁者的照片，這場戲子表達他們在牢中的夢）

蘇州府轅門外

況　鐘：好可怕的一場《夜審唐太宗》！趕到都府門上，門上哪位在？

中　軍：什麼人？

況　鐘：蘇州府況鐘求見。

中　軍：原是況大人，到此何事？

況　鐘：本府有急狀，不敢專擅，特來謁見都爺，煩請通報。

中華民國一〇一年六月三日 星期日 農曆壬辰年閏四月十四日

穆巴拉克被判終身監禁

埃及前總統「下令槍殺850抗議民眾」遭判刑　阿拉伯之春首位遭判刑的獨裁者

【編譯任中原／綜合報導】埃及法院二日宣判前總統穆巴拉克因去年初下令槍殺約八百五十名抗議民眾，應處以終身監禁，並立即發監服刑。這是「阿拉伯之春」運動以來，第一位親自受審且遭判刑的獨裁者。

牢籠中的獨裁者

中軍：已過二更，不便通報，明日早堂相見，大人就請回吧！
況鐘：恐誤了都爺的公務，你毋可擔待？
中軍：既是老爺的公務，待小官前往稟明試試。請二堂稍候。
況鐘：有勞了。
（只聽得後院行弦，頻傳淫聲細語，令況鐘心急如焚，足足等了一炷香）
中軍：都爺大人到。
況鐘：參見老大人。
周忱：請坐。
況鐘：謝坐。
周忱：奉旨決囚，借重貴府。此刻不在法場監斬，夤夜求見本院，卻是爲甚？
況鐘：本案雖經朝廷上下命官三審六問已成鐵案，但因兩名死囚，罪證不實，下官重審，女犯竟然要求在公堂之上，檢驗貞節，再審姦情，遑論定案？
周忱：荒唐！爲官多年，在公堂之上，竟然讓兇犯說出這等話來，你這問案，豈不荒唐？
況鐘：卑職審案，確實荒唐。不過小人物的良心，也正看出天良，乞老大人重查，容延斬數日，再做定奪。

周　忱：重審就是多事。我且問你，監斬官權責爲何？

況　鐘：驗明正身，準時監斬回報。不過，這次實出不得已，叩請老大人容稟。

周　忱：給我講來。

況　鐘：這幾日來，百姓爲本案紛紛表達不滿，東西街瓦市班子到刑場演出《官府殺人殉情記》。

周　忱：這是個什麼狗屁不通的戲碼？

況　鐘：愈是不通，愈有人看。結果萬人空巷，東西街罷市，不知哪位大內高手出的主意，教班子早上遊街，沿途灑鹽，聲稱灑到的人，可消晦氣。要大家出點銀錢布施，即可消災，也可爲兩名死犯收屍買棺材。想不到丟向他們的銅板、碎金碎銀滿地。下官生怕事態擴大，派了騎兵驅散百姓，又派禁卒掃街，昨晚盤算收集起來的錢兩，足足買上等棺木六十四具，下等可達一百五十三口。下官迫於形勢，不得已便宜行事，勉爲答應刑前重審一遍，這也出於萬般無奈，乞老大人可憐呀！

周　忱：勢態卻有點不尋常。實不相瞞，本案去年應在常州處決，巧遇皇太后六十壽辰。聖人以孝治天下，特准地方各自主張，本院體仰聖意，順延一年。今全境一年需增加不少監獄費用，多有煩言。

況　鐘：既可延，一年是延，兩年也是延。目前為緩和緊急狀況，委實掌握不了實情。請老大人挺挺卑職，再延不是一年，只是幾天。

周　忱：合法監斬，何至掌握不了形勢呢？

況　鐘：不敢相瞞。晚間上演《夜審唐太宗》，人山人海，燈火通明，勝過上元，民情達到頂點。演唱唐太宗「殺兄弟於殿前，囚慈父於後宮」時，觀眾高呼沒有接回二聖是對的。這已經是大不敬了，還要加演禁了很久的《風波亭》。

周　忱：反了，反了。

況　鐘：老大人息怒，事態猶不僅止於此。因為班子演得太成功，他們聯合起來每年定期上演，稱為「揭發官弊八卦節」作為本城的觀光節日。更棘手的是，賈老舉人領銜有功名的人多達一百零八名，連署上訪，告狀的對象，下官不敢說。

周　忱：大膽講來，什麼個「揭發官弊八卦節」，荒唐透頂！

況　鐘：那卑職斗膽直言，他們直指老大人，如因本案，而造成上訪，一旦驚動聖人，對老大人總是不好。這叫下官不敢不防，這才是下官連夜稟報的初衷。他們連署告狀，下官也不敢呈上。

周　忱：不知道是什麼病才可怕，現在都出膿了，只擠個膿包，有什麼？呈上來。（讀狀）（周怒）這種所謂「揭發官弊八卦節」，一派胡言，果然八卦，誣告、栽贓、胡扯，

況　鐘：這眞是民逼官反，老夫非使出硬手段不可。
請老大人息怒，目前群眾圍住本府公廳，一旦失控，衝了進去，擔當這個罪過，下官死罪事小，生怕累及老大人的盛譽。請延上些日子，作爲緩兵之計，事緩則圓，萬望老大人挺挺，恩准這次特別案例。

（二夫人上）

況　鐘：下官拜見二夫人。
二　房：請坐。什麼挺不挺的？況知府你來得十分掃興，有什麼大不了的公幹，值得子夜來打擾老爺的。
況　鐘：實在罪過，人命鬧事，不敢不稟報。
二　房：不要講什麼人命鬧事的，我全聽到了。老爺對你十分器重，當然挺你。我問你，重審這件案子，需要多少時日？
況　鐘：稟報夫人，少則半個月，多則不出三十天，當可結案。
二　房：既然都爺有權批准，我就代爲劃行，給你二十天吧！
周　忱：姨太太千萬不可鹵莽。

二　房：老爺，有什麼個鹵莽不鹵莽的？中軍，送客。
況　鐘：叩謝老大人，叩謝夫人。

（急下）

二　房：老爺，這算個什麼芝麻大點事，別放在心上。
周　忱：別小看了這件事。
二　房：這批老書呆子有什麼大了不起的，能幹得出什麼大事？明天找點名目，發給他們一些研究費，哪個不像狗搶骨頭似的，還怕他們不向老爺謝恩嗎？至於況鐘，一個傻子，這幾年爲老爺賺進不少公款，還能不挺他嗎？如果他辦得本案不如意，隨便安個罪名，治罪算了。
周　忱：講得也是。我一向做事小心，防比不防好。且慢，把這一百零八名舉人上訪，當作危機處理才好。
二　房：老爺計將安出？
周　忱：庫中私藏官銀四萬兩，以備不時之需，而今錢得花在刀口上。
二　房：如何分法？

周　忱：太師處一萬兩，也該夠了。要勞請國舅安排陪同覲見太后，這可說不準，特準備玉觀音佛像一尊，比血鑽石還好，太后一定心喜。見到太后，看手指是個什麼指法，你心裡就有個數。最好讓太后說出旨意，好讓國舅傳下去，事就安了，也就妥了。凡是女眷必須奉上珍奇，調面膚祕方，自我也準備了蘇州畫院名字畫分贈各部要員。自留一萬兩，以便打點御史台。如有餘錢，留給國舅，凡事還得由他來喬，凡事離不了錢。

二　房：全遵老爺妙算。

周　忱：也要姨太太的巧心慧口。

二　房：京中事，明春升官，包在我身上，不知何時進京？

周　忱：看京中回報的消息，只要風吹草動即可動身。這是只備萬一，也可休歇了。

二　房：方才聽到興頭上，況鐘來得十分掃興，老爺還看嗎？

周　忱：迎春班扮的西門慶三戲潘金蓮，有什麼好看的？實在比不上前晚朱如秀扮林太太，那個風騷旦，把一位三品大員夫人，守寡年來，多不動情，表現出貞節廉恥，十分入戲，卻被文嫂一遍春話，雖然淫火已熾，顯得體姿風騷，還能保持矜持、廉恥的樣子，待西門慶調戲，淫情大動，整夜羞雲怯雨，眞是放得開，第二早臨別的那種淫聲蕩語，賠上一身破功夫，苦求西門慶晚上早點來，就全不顧廉恥，演得風騷身段入木三分，所以不由得叫聲好。

二　房：我倒挺喜歡呂芝秀扮潘金蓮，那副媚眼，盯著西門慶就像舔著棒棒糖似的黏著不放，倒是演得十分眞。

周　忱：潘金蓮、梅香，都是些窮家的婊子，充其量不過是小家碧玉，有什麼値得去調戲的？多給幾文錢，就賣弄淫態，還要個什麼眞不眞？

二　房：老爺批得眞到位，怪不得嬌妹說那晚她受不了。老爺喜歡朱如秀，就叫她多扮幾場。

（外傳來煙火聲）

周　忱：爲何外面放起煙火來？

中　軍：恭喜老爺。

周　忱：是何道理？

中　軍：況大人向百姓宣稱，夫人支持老爺恩准重審本案，百姓歡騰，向老人夫人感恩。老爺，百姓多可愛呀！這才是人民的力量。

周　忱：（揮手，中軍下）

二　房：中軍轉回來，況鐘是這麼說的。（中軍點頭）老爺折騰了這一夜，要好好休息，轉告廳上執事，明早老爺停見各府，擇日再見，下去罷。百姓可愛，也讓我們今晚也樂樂吧！

周　忱：姨太太有所不知，歡慶的背後，必有隱憂，禍福難卜。方才況鐘來報一百零八名，一旦上訪，我心怕明春任滿，升侍郎的實缺有變數，正在暗中自忖，如何處置是好，不料妳一出來不分事理搶著准了。原以爲閃電的後面帶來的不是一場暴風雨，竟然是人民的力量。這是中軍一個小人物的感受，如果能讓京師一位大人物傳出，就會勢動公卿了，應該掌握利用才是。

二　房：老爺說的是，這是天上掉下來的機緣。自老爺出理撫台以來，撙節地方所有可能經費，悉數奉繳天庫，不知比以往增加多少，有時翻了一倍，應蒙皇上再三誇獎。再趁機將這人民愛戴的力量傳遍京師，我擔保明春準坐閣老。這般看來，事不宜遲，明天我就啓程會會天官。

周　忱：姨太太說得有理，我心中也就踏實些了。

二　房：上個月大奶奶，要老爺多保重身體，頂了老爺的嘴，我說服她返鄉。明春老爺升天官侍郎，文武百官拜見閣老中堂，屆時大奶奶不在府中，請老爺在百官之前叫我夫人，不要再叫姨太太。

周　忱：名分到明春事成再說。

二　房：有實就給個名分。嬌妹十二歲隨我服伺老爺，前年老爺等不及就收了她，也該給個名分了。老爺還誇她比我白呢！

周忱：叫班子收了吧！我們一起休息吧！

二房：看老爺興致又好起來了。順便提件事，劉守略的第四房姨太太，守寡也有年吧！今年才二十三歲。前幾天家人逼她改嫁，她要守節不肯。透過人表示要向老爺求援，她那雙眼十分有情，老爺看准了，我就當文嫂約她來會會。

周忱：怕人閒話，等這個案子妥了再說。

二房：嬌妹呀，不要到外面看煙火，快來，今晚妳當林太太，我們陪老爺高興樂樂。

嬌妹：遵令，老爺小嬌萬福。（十分性感抱著周忱下）

第四場（上）辯判

過于執：（常州府）（定場詩）

「所恨民風多兇惡，爲官手段更不良；
辦案何需憑律斷，造業障人生無常。」

（自白）

想我過于執自擢升常州以來，每逢疑案，全不動用條律，只憑察言觀色，聲稱妙算，得個能吏的聲譽。那種犯人的肢體語言遠比講得準，只要打，不用問，案子自然十打八九穩。有道是：一日收復開封府，應當推薦我當包拯。不料，尤葫蘆被害一案，早經三審六問，奉旨處斬，忽聞落下更審，著實是破天荒的事。據報蘇州況鐘前來重勘，諒他也沒有個什麼能耐。為了自保費點心機，設下了陷阱等著他來跳，也顯得我官場老道。師爺小心應付。

師　爺：大人說得是，都已照吩咐行事了。

（外傳報）

衙　役：況大人到府拜候。

過于執：有請。

況　鐘：本官奉周都爺之命，前來貴府重勘尤葫蘆一案，特來拜候兄台大人，多盼海涵賜教。

過于執：況大人說哪裡話來！既是奉都爺之命，就是政務公事，本官理當率同本府大小官員一切配合辦案，任由兄台大人調度。

況　鐘：謝過大人，多賜教益。

過于執：自本官到任以來，教導百姓維護治安，實施保甲連坐制，不是本官自誇，本案堪稱典範。本案判決過程，全由尤葫蘆友人，一面自動前來報案，一面追趕兇犯，直到皋橋附近，抓住現行兇犯熊友蘭，經蘇玉娟證實，當場兇犯贓款十五貫一文不少，正是尤葫蘆典當蘇玉娟之款，證據確鑿，送到本府審案，兇犯當庭伏口認罪。本府開庭特邀鄰坊到庭聽證，婁阿鼠指證蘇玉娟不是尤葫蘆親生女，仗義執言尤爲可貴。眾鄉親異口同聲本案十之八九就是通奸謀財害命，認同本官斷案。本案判決過程完全公開透明，完全合法，爲符合法律程序正義，特許兇犯作案的完整陳述在案。爲維護人權，全程不曾動用大刑，自願招供。試問還有這等文明法庭嗎？猶不僅此，街坊鄰人共認心服口服，在他們的共同認可下，可說是深深符合人民的期待，獲得民意基礎。況大人還能查出什麼差錯嗎？

況　鐘：聆聽過兄台徐徐道來，眞是欽佩。不過，本官有一事不明，不知該不該問。

過于執：況大人，過某，知無不言，盡可道來。

況　鐘：本案判得高明，經得起三審六問。只是過大人您曾履勘過兇案現場不？

過于執：唉！況大人，本案深獲民意支持之後，特邀仕紳過目，咸認本案判得周全公正，可說是近乎全民公審，人民的力量，才是硬道理，那個區區的現場還値得一看嗎？了不起就是幾滴血罷了。

師　爺：過大人說得極是。本案不曾動用大刑，全民叫好，直說是司法大躍進。舉個實例，蘇玉娟辯稱她種種無罪理由，庭上哪裡相信？只不過抽了她兩個軟鞭子，第三鞭還沒抽下，她就全招了。至於她所說的那些貞節全是編出來的門面謊話，全信不得，兩鞭之後供出得錢與情夫私奔才是實情。本案過大人爲了愼重起見，特引證包公的「灰欄」

判定張海棠爲生母的判案說：「律意雖遠，人情可推。……古人有言：視其所以，觀其所由，察其所安，人焉廋哉！」作爲本案範本，難怪三審六問一一劃准，哪怕當今聖人也要首肯。況大人還能挑得出什麼欠妥的嗎？

況　鐘：本官在蘇州重審這兩死犯，所言與師爺大不同。

師　爺：況大人，犯人的話聽不得，八個場地能說出八個理，有哪一個能信得過的。過大人秉公處理本案，只講一個理，就是公平公正。公正行天下，不管犯人是什麼理，全屬枉然。還是過大人判的是。

況　鐘：孔聖人也曾言：天下人皆曰可殺，不可殺也。不知過大人僅憑這些凡夫走卒而判，能判得心安否？

過于執：這話言重了。這兩名兇犯打入大牢，皆是升斗小民，能判得如此，僅獲得個青名，並無半點油水，何心安不安之有耶？況大人，有一言相勸：爲官之道，首在團隊，官官相衛，哪怕兄台平反本案，那三審六問的官員，皆得丟官不成？不如依本案結了，皆大歡喜，死兩個人，算不得什麼。且問這原本常州的案子，何以調到貴府處決呢？

況　鐘：實不明白。

過于執：兄台任朝廷命官，也有十餘年，原在蘇北一帶窮縣，得些好聲譽，周都爺以特達之知，不經常州直擢蘇州，無非就是借重兄台的青名，掩蓋各縣府一些不便公開的案子罷了。並非本官苦苦相勸，各府正堂多有怨言，兄台不可不察，就別再挑這些小案子了。

況　鐘：本官還是有點不明，既然要本官監斬，以示公正，又何來怨言之有呢？

過于執：兄台歷任各縣，各有很多不同名目，該收的各種規費，如今全都被兄台廢了。

況　鐘：什麼規費不規費，那根本就是黑錢。

過于執：不要說如此難聽不堪，黑錢不黑錢的。

況　鐘：那根本就是爲官貪汙。

過于執：貪污！就算貪污，也並非是什麼壞事。這叫出於汙泥而不染嘛。貪汙如能包裝得宜，是促進社會進步的一種意外的力量，也是構成升遷的成功模式。兄台不去觀察觀察，愈是貪污的地方，愈和諧……

況　鐘：過大人您愈說本官益發得不能理解了。

過于執：本府爲兄台大人接風，準備常州名菜黃鱔宴，不下松江四鰓鱸魚，時間還早，就爲兄台多講講。

況　鐘：恭聽了。

過于執：舉個行規實例。雖說爲了司法獨立，依律辦事，不論原告、被告皆是一文不可要。不過，原告、被告皆想贏，能拿錢打通關節，就成關關節節的行規了。監牢是我們自己開的，如果遇到肥羊，將死犯保到活命，二百兩少不了。如果是死犯，來個瞞上欺下，與個窮鬼調調包，那就不只二百兩白銀，富家就出二百兩黃金。你得錢，他感激，兄台你看看一生撞上幾個，不就享福不盡了嗎？找到行規管道，事就成了，社會就更和諧，傳成美談，你就升官，這豈不是順理成章的事嗎？誰曉得都爺如今全調給貴府，該有的油水全沒了，各縣府還不該恨你嗎？這還是小錢，大錢就甭說了。

況　鐘：聽過大人一席話，眞叫迷遇悟成智，讓在下長進不少見識。但不知何謂大錢呢？

過于執：事不遇不知，理不說不明。兄台大人當知，各縣府每年年初收稅，年底繳庫，已經成了鐵律行規。兄台一反常規，年初收，年初繳，然否？（況點頭），兄台有所不知，各府年初收稅，將稅銀，以合理的利息，放給各大戶，年底收回準時繳庫，就算是走在法律邊緣，仍然不失爲好官。我們江南各縣，不要說貴府，至少收進二萬兩白花銀。您不要以爲這是貪污。這些大戶求之不得，有如此穩定的資金來源，活絡地方經濟，繁榮地方生計，這種促進社會進步的有力管道，有什麼罪過之有？等這些管道穩定了，這些大戶，還捨不得你升遷呢！我們只要三年一任，什麼皆不要，就足以告老還鄉享一輩清福。如果能拿出一半，至少能捐個實缺道台，這又何樂不爲呢！現在都爺以兄台爲榜樣，通令各府年初繳。逼得斷了人家財路，哪能不恨兄台入骨呢？都爺是箇中老手，尤其是如夫人，更是長袖善舞，省了白手套，直接放給這些大戶，年底如數悉繳天庫，得到考績第一，鋪平他任滿上升京師的路。只要與金邦保持和談政策不變，維持和諧，明春都爺高升，必成定局。這次當然挺您重勘，以逼出好處，讓人人不安，能不怨兄台大人嗎！

況　鐘：聆聽這番話，如醍醐灌頂，茅塞頓開，任事以來，缺少過大人這般知交朋友，不曾聽過如此肺腑之言。初衷無知，倒犯了如此罪過，知過當改，但不知本案如何善後，請多開示。

過于執：據傳貴府係因緩和舉子公車上訪，才敷衍重審，作爲便宜行事，兄台處境，可以理解。凡事能讓則圓，善後之計，在下奉勸一言，兄台到此勘查「虛應故事」一場，審無實據，屆時自然風平浪靜，說不定還會有個意外的獎賞，以爲如何。

況　鐘：果眞如此，勞請過大人陪同前往勘查，虛應故事一場，不知能否俯允？

過于執：這就是兄台的不對了。如在下一同重勘，平反，則在下自認過失，情何以堪；若不成，不僅兄台無光，反被批評在下作梗，如此我倆皆成不是。既然兄台受命，就全權承擔，本府絕對配合，也就是了。

況　鐘：謹受教，本官告辭。

過于執：請多留片刻賞光黃鱔宴。

況　鐘：心領了。（唱）

風吹鳥驚心，可怕造業地；
一官八種情，世道怎能平？

（下）

過于執：這個小子，不近人情。
師　爺：方才況鐘邀大人一同勘查，就該答應，以便掌握實況，不讓他為所非為才是。
過于執：看他愣頭愣腦，量他也弄不出什麼名堂。不過你的話倒提醒我，是否裝豬吃老虎，不得看輕了。趕快加派人手跟蹤況鐘查案，蒐集黑資料。一旦不出所料，他是查不成案子的。這叫人前話如蜜，背後藏把刀。
師　爺：請大人明示。
過于執：快將縣內黑道，四大行業可能疑犯分子，組成觀光考察團，火速躲避他縣，以斷況鐘重勘查案一切可能線索。另組個仕紳清議美食團，正逢秋高氣爽時節，到澄陽湖嘗鮮大閘蟹，順道南下一遊西湖，要他們把常州的好處褒頌功德，傳到杭州。
師　爺：庫中並無這筆預算開支。
過于執：不妨，到陳百萬家，說有人來舉發他兒子引誘婦女。多詐點錢；再不夠，到李員外那兒，湊齊，不必多言，他心中明白。務必不能走半點風聲，大功即可告成。

師　爺：大人妙計。況鐘吃不完兜著走。我立刻去辦。（下）

過于執：回來。

師　爺：有何吩咐？

過于執：如我所料，況鐘十之八九無功而返。你快快琢磨琢磨，擬一份摺子，奏他虛應故事，查案不力，實係逞一己私心，釣一時清官浮譽，實損朝廷命官名望，藉能惹起官員團隊共憤，順勢將他趕出蘇州。

師　爺：看來不動聲色，大人十之八九穩當高升蘇州府，屆時賞我一點好處。（二人哈哈）

過于執：別急著一時，吃過黃鱔宴，再忙去。（同下）

第四場（下）查案

三喜班主：（數板）

狗官判案，沒天良，沒天良；監斬不斬，不尋常，不尋常；死囚重勘，破天荒，破天荒。三山書會謅出一齣《冤中冤》，好比《緣中緣》加上《奇中奇》，萬人空巷，盼我班早作場，不扮搔首風騷旦，只演貞節烈女郎，在東城上演哭倒西城牆，只求得雪花銀子飛入我家帳房。

（自白）

蘇州怡春班七老闆派人傳話，爲十五貫案，三山書會合編《官府殺人殉情記》，不料萬人空巷，日入斗金，在人民力量的壓力下，逼得巡撫延期處斬，眞是司法大躍進，破天荒大事。蘇州況鐘已發重勘，七老闆要我全力協助，名義上戲班負有社會推廣教育責任，私心下，希望事情拖得久一點，鬧得大一點，趁機起鬨，多賺進大把銀子，這才是人無橫財不發，想不到今年遇到好年冬也。

夏捕頭：（上）今天勞動街坊鄉親要查人命案……

鄰人甲：這是我們全票通過的案子，查什麼個查？你不要講了，早就派人來通告過了，還告訴我們一個新名詞，叫作秀。不知況鐘要秀個什麼東西，無聊！浪費我們打牌的時間。

鄰人乙：對嘛！對嘛！這完全就是作秀嘛！眞兇已經抓到，也定案，還不快快處決，一拖再拖，這是罔顧人民的期望，藐視司法，執行不力，政府無人，又來查，簡直是擾民。

鄰人丙：我基本上不贊成重查。

夏捕頭：有何高見？

鄰人丙：因爲你是蘇州來的，不明白，自從過大人到任常州，加了很多稅，比如新加「改善治安稅」，爲了慶祝十五貫案的成功，又加了個「治安升級稅」；爲了懲罰沒有參加協助本案的人，又加了一個「知兇不報稅」。我們憑什麼要幫助呀！一旦這個案平反，說不定要來個「協助平反稅」。現在縣府百稅，省是千稅，到京裡就當萬歲了。百姓這種日子受不了。

夏捕頭：不可瞎講，這是單純的重勘，司法程序事，不要瞎扯政治問題，切切不可煽動百姓犯上。

鄰人丙：什麼瞎講不瞎講？老百姓有說話的自由，只要大家聽了同意，就是民意，就成名嘴……

夏捕頭：我是奉命行事的，請鄉親自制。

鄰人丙：我嗆你，你又能怎樣？（眾人叫好）

班　主：諸位鄉親自梁皇寶懺之後，本班一直上演《目連戲》地獄受苦實境，雖然無法演出《地藏王經》的無間阿鼻大地獄，但地獄一切苦皆緣自因果所造。梁皇寶懺大會上，雲度老禪師開示說害人一命將墮入無間地獄。本案畢竟是兩條人命，各位鄉長是不是要踏實點說話，不可造因果業障……況大人來了，我不說了，我不說了。拜見況大人。

況　鐘：（上）本官專程造訪貴寶地，重勘尤葫蘆命案，有些時日，貴縣過大人與諸鄉親合作，讓本案判得好。重勘迄今，未得任何有力線索，本官奉命辦案，尚請諸位善知識各憑良心，造個善因果，爲地方，大家消災。

班　主：況大人，抬舉小人了，我們哪個配是善知識，只是班子裡有個小伙計，是賭場妓院包打聽，八卦特靈，他說了些當時蹊蹺的事。

況　鐘：當時堂上問過不曾？

班　主：實未有。只因過堂時，堂上鄰坊七嘴八舌指證歷歷。過大人果斷，人人英明，因而定案，所以根本不曾問過。小八子，你現在向況大人一五一十的細細稟告。

小八子：大人容稟，有個混混婁阿鼠，遊手好閒，一表人才，是梨花院常客，妓女特喜歡他，有錢沒錢都歡迎他，有時還會給他幾個。他閒來無事，到處偷雞摸狗，弄幾文就到賴四老闆賭場大小賭，賒了一屁股債。賴四逼他簽賭票，還不起債，就以妻子抵，他沒有老婆，家裡只有一個老姨媽和個妹子。賴四說姨媽太老，他被逼得以妹子代替，約定一年為期，阿鼠被迫只好簽了，又哭又叫，十分可憐。沒想到奇蹟出現了，第二天晚上，他馱了一袋錢來，不但贖了妹子，撕了簽票，又連贏好幾把，真是不少錢。賴四大吃一驚，講了些恭維語，說不該逼他，對不起之類，親自陪他賭，眼看賴四做成雙龍抱，大夥子份份壓花，賭金實在嚇死人。當時小人想這下子，阿鼠輸了怎麼得了。天曉得，不知哪位財神給了他手氣，自摸推倒居然是十三張不靠，個個傻眼，他真的發了橫財，揚長而去，還給我一個小紅包。當晚到院子裡找了老相好，還清票債，左擁右抱狂歡一夜。隔天賴四想找他翻本，不但阿鼠人間蒸發，連他老姨媽、妹子也不知去向。

況　鐘：婁阿鼠莫非就是指證蘇玉娟不是尤葫蘆親生女的那位證人？

小八子：正是他。

況　鐘：他長得是什麼模樣。

小八子：小人馬上找個畫人像的畫張人影像，呈給大人，比小人講得準，不過得賞畫匠二兩銀子。

班　主：不打緊，算我的份。

況　鐘：小八子，你隨我來。

（眾人下）（獨留阿鼠在台上）

阿　鼠：（獨白）

多虧老相好，教我一手牌經，屢試屢輸，終於扳倒賴四，巧計安排度過這難關。沒想到失手殺了尤葫蘆，不知怎麼闖了這般大禍，還害了熊友蘭、蘇玉娟兩個無辜少年。尤其是蘇丫頭，平常不管好壞，總叫我一聲大叔，有時賒帳帶塊糖給她，那種高興的模樣，現在爲我做了替死鬼，心中實不了然，趁著梁皇寶懺大法會，我念經懺悔，替他們三個亡魂點了光明燈，安了牌位，念了往生咒，拿了不少賭資捐給廟裡供養布施，能做的全做了，好送他們往西天，菩薩也該留給我一條生路。不料這兩天躲在梨花院，聽說況鐘前來重勘，這怎生是好？唉……先到廟裡求個籤，以卜吉凶，再做打算。不行，不行，方才呂六班頭說佛，因果必報，廟裡一定不會給個好籤。……老相好幫我忙，我也沒再欠她們錢，算是恩客，她們的仙姑觀，或許會給好消息。（下）

第五場　（上）問卜

仙姑觀

況　鐘：（上）定場詩

「人事海茫茫，辦案實無方；

不解蒼生事，求神幫個忙。」

（自白）

小八子提供了兇犯一點線索。全縣黑道、四大行業，全無查得著處。人海茫茫，時間逼近限期，心急如焚，人到無奈處，只剩問鬼神。此間天寧寺來往人等太多，一旦傳開，走了風聲，反而不美。據傳此間河岸新建的仙姑觀十分有名氣，傳說原是妓女觀，是國內首座供養性神的地方。香火早晚不斷，要想到後院參觀，還得要另買門票。主持正在推動，票選當地十大名寺。他還很有把握選在前段呢！婁阿鼠是妓院常客，必求仙姑庇祐，不妨前往試試。

（況鐘、皂隸等化裝上）

凡一道長：（向前施禮）請問施主光臨本觀是上香的，還是求籤的？

況　鐘：久仰貴觀，在下特來上香的，不求籤，久慕寶觀扶乩十分靈驗，不知道長能否助在下扶鸞？

道　長：不知是何等事？

況　鐘：眞人前面不講假話。實不相瞞，係找失物的，多時不明下落，特來勞請道長。

道　長：是何等失物，値得祈求神仙眞人降壇？

況　鐘：事關隱私，就不便明言了。

道　長：那貧道就不細問了。但不知要請哪位眞人？

況　鐘：不知祈求雷公可否？

道　長：本觀排位甚小，雷公是大神，非關天下事，不敢輕易請駕。雷公降臨非同小可，那要天搖地動。如屬小事清擾，惹怒雷公，輕則毀掉道觀，大則帶來大災難。平日非巡撫以上二品大員，不可指名。不知員外是何大事？

況　鐘：實是地方之內的事。

道　長：即是地方小事，何須勞動大神，花點小錢請請土地也就可了，大不了都城隍也就足夠了。

況　鐘：（心中自忖地他總比城隍，管得大些吧）道長有所不知，如果地方可以找得到，又何勞道長請神呢？還是請位眞人吧！

道　長：那請濟公和尚如何？他比較沒架子，有求必應。

況　鐘：如請顚師降壇，要奉上多少香油？

道　長：請顚眞人，多少香油隨喜不論。但有個規矩，在降乩之前，要奉上五瓶上等大麯白酒，茅台雖好，還不如金門陳年高粱，但江南再好的米酒也不行。

況　鐘：如此說來，扶乩所費不貲呀！

道　長：天下哪有不付顧問諮詢費的？施主你以爲付點專家學者出席費，就可敷衍了事的嗎？

況　鐘：既然不計較香油錢，莫非是道長貪上幾杯否？

道　長：此言差矣。員外果眞有此福分請下顚眞人，只要將乩筆在罈口繞上一圈，罈中五瓶酒立即化爲青煙直扶而上。屆時，你才曉得本觀請神的法力呢！

況鐘：不是不信道長之言，只是顚師是杭州菩薩，此屬常州，不如請蘇州寒山大士如何？

道長：說來奇怪，寒山大士落藉蘇州，但不愛管蘇州的事，甚不好請。

況鐘：何妨一試。

道長：請寒山則另有一套規矩。

況鐘：請道長吩咐。

道長：請施主在扶乩台上，先奉上白銀六兩，而且要官庫白銀。

況鐘：寒山大士成道，四大皆空，何以非收白銀呢？

道長：施主有所不知，寒山大士發四宏願，但布施世間孤寒之士，以白銀布施最爲了當，故有這點規矩。

況鐘：那又非官庫白銀是何道理？

道長：如果求土地什麼皆無妨，當地人不會騙土地公。就是假錢，土地公也是任勞任怨。而今觀光客太多，人心不齊，帶著些莫名其妙的私貨假鈔，本觀實在賠不起，請施主莫問根由了。

況鐘：（叫夏捕頭）小二，取白銀來……（放在乩壇上）

道長：本觀正派經營，信譽第一，有求必應，凡應必靈。不靈者，不論哪位眞人，本觀一定將供資如數奉還，請施主放心。
徒兒，將這錠銀子奉上主殿，並爲施主安平安座。（自己上殿，三叩之後，誦寒山眞人神咒，下殿，走到乩壇前，對況鐘說）但問施主是否與貧道共同起扶？

況　鐘：在下不曾靈修，生怕誤了神旨，多請道長偏勞。

（道長與徒弟二人坐在乩盤旁作法，等了一炷香，鑾台寫不出神批）

況　鐘：道長，莫非在下心煩不誠？

道　長：施主莫急。請寒山大士本來不易，大概近來天下太平，江南富庶，孤寒較少，大士的白銀已經足夠供養，可能懶得下旨了。

況　鐘：請道長該如何處治才好？

道　長：既然不應，明日再來；不然，就將供銀取回，如何？另找高明。

況　鐘：萬萬不可。實在等不及，還是勞道長，但行方便。

道　長：貧道擔心事不成，特請施主上香，長跪祈神。（況鐘跪在壇前）俟神旨下降，請共同觀盤，可也。（不片刻壇動）施主趕快起來，已經降旨了。請恭讀

放著自家理不講，

到處拜廟問神瞎眼忙，
這種讀書人，
頭腦糊塗，無知加荒唐——混帳。

道長：這眞是獨特神批，實實不似以往。

況鐘：這算個什麼神批，說好氣又好笑，可配得上荒唐加混帳。請問道長，這是哪位神祇？

道長：不得了，第一次請到，是東方朔眞人。

況鐘：哦！原來是個愛說笑的。不要生氣了，哪得當眞？只可惜浪費了一個清晨。

道長：施主莫要起傲慢心，小看了東方朔眞人，他能伴駕武帝大皇帝，視百官如廢物，玩皇上於掌上，施主你能有這個位分嗎？一言一語抓著皇上的心思，還摸不著您的細底嗎？趕快到壇前謝旨送神了。

（況鐘做科完）

道長：施主，貧道曉得你心中不服，容貧道只要改動二字，施主就可明知神意了。

況鐘：這倒要領教。

道長：請看，將「這種讀書人」改爲「這等辦案人」以爲如何？

況　鐘：（大驚）哎呀！

道　長：再讀東方朔眞人神批：

放著自家理不講，

到處拜廟問神瞎眼忙，

這種辦案人，（加重聲）

頭腦糊塗，無知加荒唐——混帳。

請問神批是否中了施主的意？

貧道放膽再提醒一語：「自家理不講」。試問眞人還會跟你講祂的神理嗎？這種辦案人，不是頭腦糊塗，無知荒唐，還算不上一個小混帳嗎？

況　鐘：口服心服，敬謝賜教，記下了。

道　長：不知施主是否取回壇上的六兩供銀？

況　鐘：道長取笑了！只要講得眞，既怕王八爺說得有理，都要感恩了。

夏捕頭：老爺，什麼個神批，有啥了不起的，值得如此禮數？

況　鐘：小二，不得無禮。再奉白銀十兩，以表在下供養的一點心意。

道　長：貧道笑納。

況　鐘：道長告辭了。（二人下）

徒　弟：師父，扶盤上並無「辦案」兩字。師父，您是哪隻神眼看到的？

道　長：你哪裡得知，以後便曉。

徒　弟：還有一理不明，平日只教人任意奉上點香油小錢，今日爲何要這麼多銀兩，還要指定官府庫銀呢？

道　長：徒兒，你要知道，平日香客隨緣，多少不拘，一文不少，一吊不多。試想，一年到頭，能有幾個香客捐一、二兩的呢？如今能吸引觀光客前來，不論多少，只要積少成多，就夠了。今日不比常日，爲師的要他奉庫銀，就是試探他是不是官府中人。十之八九他是做官的。官府找東西，豈不是辦案的？就此改動二字的原因，不必說破，趁機敲他一筆，足夠花上半個月，這叫做官吃定老百姓，我們道士吃定做官的。

徒　弟：師父您眞會詐。

道　長：要好好學，才能得眞傳。今天生意不錯，不要再多講。又有人上門來了，快到堂上看動靜。（同下）

第五場 （下） 吶喊

（仙姑觀，前）

（況鐘化裝成算命先生上，對夏捕頭說）

況　鐘：昨天早上，看到那位問卦的，行色不安，非常像畫像的嫌犯。

夏捕頭：非常不巧，跟了他好遠的一段路，被他遁逃了。不知今天會不會來？

況　鐘：說曹操曹操到，看那頭來的，不正是他嗎？眞是因緣成熟了。

夏捕頭：正是不差。

況　鐘：趕快埋伏，帶著拘捕令，就是認錯了，也要當場緝捕。不可放過，快躲起來。（下）

婁阿鼠：（上）（與徒弟小師父說）小師父，道長可在嗎？

徒　弟：你昨天不是來過了嗎？怎麼今天又有新心事了。

婁阿鼠：只因昨天道長給我卜了個下下死籤，當時非常氣，不去求菩薩求眞人，結果更壞，也就顧不著什麼供養，一氣衝上殿，把那貫供錢給拿了回來。小師父你要攔我，道長叫了回去，昨晚睡不著，感到對不起道長，既然命都留不住，留這貫錢幹嘛？今天特來向道長道歉，望道長莫怪我。

徒　弟：說來奇怪，我師父一點也沒怪你，他說你老講什麼死呀死的，還爲你念了往生咒。

婁阿鼠：感激道長慈悲。

徒　弟：不是我怪你，本觀有大神咒、光明咒、無量壽咒，乃至土地神咒，不知有多少好神咒，你不選，偏偏求個天狗神咒，靈如其名。

婁阿鼠：就是因爲「十六王公廟」的天狗靈驗無比，又因爲在基隆路太遠無法去拜。一時癡心妄念，想藉著道長法力，求來幫幫忙，千萬沒想到是一個下下死籤，我這才知道道長的道行。請小師父通報一聲，好讓我多上些香油錢，也讓我贖罪。

徒　弟：你要知道，天狗神咒是專對那些做壞事的特靈。想來你一定幹了什麼歹事，所以靈了，難怪祖庭昨天傳來神諭，要我師父火速前往，請回一尊天狗神像，回來安座。如果你不急，明天一定見得到，我希望他早上回來，把那位算命的趕走，他像是來搶我們生意的。師父有天狗神像在身，不致在外遊蕩，或許今天早點回來。如你沒事，就在附近遛達、遛達，我失陪了。（下）

婁阿鼠：（自白）心急如焚，道長還不回來，這條命怕是保不住了。爲了求安心，到廟裡聽老和尚講經，不聽還好，一聽之下，殺人是五大不赦之罪，墮無間地獄。大阿鼻二十二個大地獄，一個比一個大，一個比一個苦。我想白馬寺之前的古人是幸福的，人間罪，人間了。現在多了個佛教，帶來大地獄。人間一個死罪，斬了還不夠，還得到大地獄再受一次大罪。好，好，我失手誤殺了尤葫蘆，我懺悔，我認罪，把我抓去斬了。我眞的悶炸了，再好的壓力鍋，也有炸的時候，我要吶喊。××的，什麼叫做一命還一命。我過得是多麼多姿多采，會玩會樂，會賭會嫖，能言善道，有傑出公關能力，人前人後，總像個人樣，這是一條命。尤葫蘆是什麼東西？只會殺豬，賺點錢養不活家小，這也是一條命，他的命値得我的命嗎？什麼又叫一罪抵一罪？我誤殺尤葫蘆的罪，能抵了他殺了多少豬嗎？不過，再大的偉人，哪怕皇帝老子總得會死的，再小東西的死，所有死的重量，總是一樣重，以我的一死抵他的一死，也該算扯平了。扯平了，就該算了，爲什麼還得下地獄，再受一次閻羅王的拷刑？我不能接受！我皈依菩薩，難道皈依菩薩也錯了嗎？皈依求菩薩保庇，也不對嗎？求菩薩保庇，難道是爲了求下地獄，求個比人世間更重的懲罰嗎？牛頭馬面憑什麼，無法無天把我抓進它們管轄的地獄？我已經扯平了，我拒絕下地獄。××的，只要有個什麼主義，什麼個制度，什麼個洋教，不管它有多麼爛，什麼後果，只要保證不下地獄，我發誓，我就信。去他媽的！不上西天，我專上東天。……讓我重生吧！聽見我良心的吶喊嗎……（夏捕頭怕他逃掉，故意的上前重重的撞了他一下）唉！大白天街上怎麼撞到牆？（抬頭）對不起，大哥。

夏捕頭：看你如此心不在焉，大白天沒帶眼撞到人，莫非有什麼煩惱？

婁阿鼠：老兄我先問你，不是黑道吧？

夏捕頭：白天都是大路，哪來黑道？

婁阿鼠：那是線民吧？

夏捕頭：是的，我當然是常州縣民。

婁阿鼠：這我就放心了。告訴你，不僅有煩惱，且是大煩惱。

夏捕頭：煩惱！煩惱都是自找。無煩惱，不成人生，有點何妨？小煩惱自己度，大煩惱則求智者度，斷煩惱，要求悟來度。開悟成

中華民國一○一年五月四日 星期五 聯合報 話題 A10

35億！12分鐘拍出
孟克吶喊 史上天價

誰標的？電話那頭匿名者 哪一幅？四版本中最撼人的那幅

4個版本 2幅被偷過 1幅沒眼珠

1 1893年

2 1893年

3 1895年 就是這一幅

4 1910年

看懂吶喊

全然的絕望 比死還要糟

INK PUBLISHING

讀者服務卡

您買的書是：＿＿＿＿＿＿＿＿＿＿＿＿＿＿＿＿

生日：　　年　　月　　日

學歷：□國中　□高中　□大專　□研究所（含以上）

職業：□學生　□軍警公教 □服務業

□工　□商　□大眾傳播

□SOHO族　□學生　□其他＿＿＿＿＿＿

購書方式：□門市＿＿＿書店 □網路書店 □親友贈送 □其他＿＿＿

購書原因：□題材吸引　□價格實在　□力挺作者　□設計新穎

□就愛印刻　□其他＿＿＿＿＿＿（可複選）

購買日期：＿＿＿＿年＿＿＿＿月＿＿＿＿日

你從哪裡得知本書：□書店　□報紙　□雜誌　□網路　□親友介紹

□DM傳單　□廣播　□電視　□其他

你對本書的評價：（請填代號　1.非常滿意　2.滿意　3.普通　4.不滿意）

書名＿＿＿　內容＿＿＿封面設計＿＿＿版面設計＿＿＿

讀完本書後您覺得：

1.□非常喜歡　2.□喜歡　3.□普通　4.□不喜歡　5.□非常不喜歡

您對於本書建議：

感謝您的惠顧，為了提供更好的服務，請填妥各欄資料，將讀者服務卡直接寄或傳真本社，歡迎加入「印刻文學臉書粉絲專頁」：http://www.facebook.com/YinKeWenXue 和舒讀網(http://www.sudu.cc)，我們將隨時提供最新的出版活動等相關訊息與購書優惠。

讀者服務專線：（02）2228-1626　讀者傳真專線：（02）2228-1598

235-62

新北市中和區中正路800號13樓之3

印刻文學生活雜誌出版有限公司　收

讀者服務部

姓名：＿＿＿＿＿＿　性別：□男　□女

郵遞區號：＿＿＿＿＿＿

地址：＿＿＿＿＿＿

電話：（日）＿＿＿＿＿＿（夜）＿＿＿＿＿＿

傳真：＿＿＿＿＿＿

e-mail：＿＿＿＿＿＿

INK

智嘛！

婁阿鼠：老兄，我看你講得比那些臭驢和尙還溜哪！你從哪學來的，老兄，有空未？能解釋我的迷嗎？今天撞到你，眞是遇到貴人，你一定是善知識的智者。

夏捕頭：我不是善知識。近來我也遇到煩惱，今天遇到這位算命先生，他替我解了迷，他說的一套道理叫我想通了。這就叫做破迷開悟嗎？我是現學現賣從他那學的，你要問，就去問他好了。

婁阿鼠：怪不得小師父要把這位算命的趕走，說他是搶地盤的，我就相信他有點本事。

夏捕頭：你自己去，他的價錢十分公道，還不到香油錢一半呢！（爲布置拘捕他）（下）

況　鐘：（背後掛著嫌犯的畫像）喂！老兄，請坐，有何見教？

婁阿鼠：有點煩惱。剛才那位大哥介紹，說你是高人。請先生爲我破迷解惑。

況　鐘：不知想求籤，還是卜卦的？

婁阿鼠：不瞞先生說，昨天在這道觀求個下下籤，不敢再求了。

況　鐘：說說也不礙事。

婁阿鼠：我求個天狗神籤。

況　鐘：還記得嗎？說來也可參考，也可參考。

婁阿鼠：這籤說道——

況　鐘：天庇沒一分，心中自己曉；
莫朝活處去，專向死裡逃。
這分明是下下籤，先生你說是還不是？
妻阿鼠：從未聽過有這等神籤，分明是道長矇你的，只不過哄你多給幾文罷了。再求個也無不可。
況　鐘：方才那位說先生看面相更高明，所以想請先生爲我看看面相。
妻阿鼠：山人專看有福之人的面相，讓山人好生端詳。看你老兄相貌堂堂，一表人才，不是個短命之相。
況　鐘：就聽先生您這一句話，我心中就歡喜起來了，這半個月的心病，就痊癒一半了。
妻阿鼠：也容山人說你老兄兩句不中聽的話：你的面相形貌有點俗氣，難免昏濁，或許近來焦心所致，但也衣食有餘；再配上你的體貌敦厚也應主福，不致有什麼不吉祥之兆。山人掛的這幅流年總圖，正是以福相做底本，正與老兄面相相似，老兄不信，可以比較比較。
況　鐘：（看了再看）眞的很像吔！難道我眞的有這點福氣？
妻阿鼠：再仔細看看。
況　鐘：就是右額下少了一顆黑痣。

況　鐘：果然不錯！那，待我用筆補點上，再看看。
婁阿鼠：還有左頰法令紋下有一顆小痣。
況　鐘：的確如此。我也補上了。
婁阿鼠：這簡直就像極了。
況　鐘：你這兩點，（哈哈大笑）山人全知道老兄是誰了。可鐵口直斷，老兄是位有福之人。雖然這兩顆痣並不好，右額下的那顆叫做「兵死」。然而，當今天下太平，全國上下皆主和，絕無兵死的可能。老兄可以放一百二十個心。左頰下的那顆主厄，雖厄也不至於兇死，也可大大放心了。
婁阿鼠：先生如此說來，我就像喝了長生湯那般暢快。先生不僅眞是善知識，更是我的「阿伽陀藥」也，簡直是活命的活菩薩。
況　鐘：何謂阿伽陀藥？
婁阿鼠：就是什麼病都治得好的佛家神藥，神醫嘛！
況　鐘：這我倒不知，領教了。
婁阿鼠：先生神明，我還有一事放心不下，畢竟我是犯過錯的人。
況　鐘：老兄雖有點厄運，也即是你的冤家債主纏住你的身而已。
婁阿鼠：那還得了！

況　鐘：確實是一種重的晦氣，家中改過方位，也可解了。
婁阿鼠：那就叩請先生為我解厄。
況　鐘：我來問你，你的床位在哪？
婁阿鼠：安在西邊的窗子下。怕的是有人來捉，好順便跳窗向外逃。
況　鐘：你家神龕也不太妥吧？
婁阿鼠：先生果真神仙，我放了些不乾不淨的東西。
況　鐘：所為何來呢？
婁阿鼠：我猜辦案的人，總不會翻動神龕吧！
況　鐘：說得也是。老兄，現在到府上，幫你重新安排家中的方位，快則三天，多則一個禮拜，你的厄也就可解也，老兄你看如何？
婁阿鼠：活神仙，求之不得。不過事成，我要奉上多少禮金，感謝先生。
況　鐘：山人初來貴寶地，為了打響名號，總得先做幾樁榜樣，才能廣加宣傳，招攬生意，就把老兄當作示範。算得準，打個對折，再對折，只收半吊即可。
婁阿鼠：那就請先生趕快起駕吧！（齊下）

第六場　踏勘（凶宅）

尤葫蘆宅，可參用崑曲，可以再簡陋些

況　鍾：（上）猛想起道長說得好：「放著自家理不講，這種辦案人，頭腦糊塗，無知加荒唐。」最妙的二字是混帳。我這辦案人，應該好好仔細勘查凶宅現場，這才是講自家理的地方。若查得清本案，也就不是個辦案混帳了。夏捕頭，速請常州縣獄長、仵作、同案鄰坊證人，一同前來共同勘案，以資作證。

夏捕頭：啓稟大人，各地方都已到齊。

況　鍾：將門打開。

夏捕頭：是，開封了。

常州獄長：在常州過大人有令，不可稱開封，要講撕封條，用詞不可以不慎。

夏捕頭：說得極是，大家已經忘記開封了。呃，撕封條，請大人勘查。

（況鐘查看大門、門環，摸門，看並無刀痕，看門閂、門梢有無損壞，推門房內，有灰塵，注意肉案，上前伸手試推肉案前擋衝木門，查看牆壁、床等，均無可疑處，再看地上，與蚊帳上有血跡……）

況　鐘：地方！

地　方：有。

況　鐘：尤葫蘆死在哪裡？

地　方：（指）死在這兒，滿身是血。

況　鐘：凶器是什麼？在哪找到的？

地　方：是尤葫蘆的殺豬大板刀，（指）就丟在這裡。

況　鐘：兇刀何在？

獄　長：已存在案。

況　鐘：（指揮幾個皂隸）你們仔細查。

皂隸甲：這地方有枚銅錢（拾起）。

皂隸乙：這兒也找到二枚（交上）。

況　鐘：兩、三枚銅板掉在地上，或許有的。

鄰人甲：尤葫蘆貧得缺糧，向我借了三升，哪能把銅板掉在地上？

況　鐘：再仔細查查。

皂隸丙：大人，這肉案下找到了半貫錢，數了再數，確定是半貫。大人您看。

況　鐘：半貫錢，不算少，這就奇了。這半貫從何而來的呢？

鄰人乙：不會是尤葫蘆忘了吧？

況　鐘：各位街坊，尤葫蘆平日家境實況如何，各位可瞭解？

鄰人甲：尤葫蘆停業已久，借當過活，哪能忘了半貫錢，實在過不下去，秦老才勸他向親戚借錢開小店，斷無忘了這半貫錢的道理。

鄰人丙：那難道是黃大仙借給他的不成？

鄰人乙：這樣看來，這半貫錢，肯定不是熊友蘭十五貫裡的了。

獄　長：況大人，確實熊友蘭在案的十五貫是一文不少。

鄰人丙：或許是兇手與尤葫蘆廝打，手慌腳亂，搶錢袋時掉出來的。

況　鐘：不無可能。

秦古柳：各位街坊，照大家這般說，當時抓住熊友蘭的錢袋裡，正好是十五貫，我們大家一口咬定，熊友蘭就是殺了尤葫蘆，搶了他的十五貫，過大人採信我們的作證，這豈不是冤枉了熊友蘭嗎？這不是我們造罪過吧？

鄰人甲：秦老既然這麼說，當時眞的也沒問一下，熊友蘭的袋子是不是尤葫蘆的。

鄰人乙：那尤葫蘆平日用的那口袋子在哪？

獄　長：存案的熊友蘭的袋子，熊一口咬定是他自己的。

秦古柳：尤葫蘆的袋子，我一眼便可認出。兇手得了錢，一定是用尤葫蘆的袋子。當時大家爲什麼就沒問一下熊友蘭的袋子是不是尤葫蘆的。如果眞的害了他們二人，我們這些證人的罪過可太大了，這是大家造孽。

鄰人乙：對呀！這就是我們的不是，也是無知了。

況　鐘：查明尤葫蘆袋子的下落，確實是辦清本案、找到證據的硬道理。經過這次重勘，大家再次作證，改正過失，也即少造業，希望各位街坊，多提供線索，雖未找到尤葫蘆的袋子，本官已有定見。獄長，先將這些銅板存起來。

獄　長：是，大人。

皂隸丙：大人，又發現一個小木盒，還有一物在地。

況　鐘：打開看來。

夏捕頭：原來是對骰子，好沉呀！這是灌了鉛的，專是賭徒郎中用的，絕非一般賭錢人所有。

況　鐘：眾位街坊，尤葫蘆可是好賭的人？
秦古柳：他經常酗酒，有酒必醉，但從不賭錢。
況　鐘：夏捕頭傳賴四和小八子前來。
賴　四：叩見大人。
況　鐘：我來問你，尤葫蘆可曾在你那賭過嗎？
賴　四：在我場中，從未見過，他處不知。
況　鐘：（拿這對骰子，問）你可認得，這是何物？
小八子：（搶著說）這是婁阿鼠專用，只要他拿出這對骰子，賭場就沒人敢跟他賭，是出了名的。
賴　四：的確那夜他贏錢，但不是賭骰子，而是麻將，不知他何處學來偷換十三張不靠的絕技。（眾人議論）
況　鐘：婁阿鼠與尤葫蘆有過來往嗎？
秦古柳：大家街坊皆知，婁阿鼠常賒他的豬肉錢。現在尤葫蘆不賣肉了，不知還有無來往。
皂隸甲：大人，又找到五枚銅錢，散在門檻底下（撿起），上面還有血印。
況　鐘：這一共八枚，再加上半貫錢，與存案的十五貫有何關係，還說不清楚。不過，加上昨天在婁阿鼠家查到的證據，已經查出了講自家理的道理來了。夏捕頭，將尤葫蘆的床翻過來看看。

夏捕頭：空無一物，一無所有。

況　鐘：再把他家神龕翻過來。

皂隸甲：大人，居然查到一包碎銀，大約二兩。

鄰人衆：原來尤葫蘆藏了點私房錢。

況　鐘：看來這包碎銀與十五貫無關。仵作，將這蚊帳、地上及五枚銅錢上的血跡，帶回核對一下。

仵　作：遵令。

夏捕頭：稟告大人，全已查遍，更無一疑物了。請大人回府吧！

況　鐘：勞動各位街坊一同勘查，明日開庭。（齊下）

第七場　重判

常州府大廳外，衙外街道上貼滿人民的力量，司法革新，大聲呼口號，夾雜著衙役威武的叫聲。大廳上，熊友蘭、蘇玉娟、街坊證人、小八子、賴四、夏捕頭、況鐘等皆在台上。

況　鐘：水落石出雲霧消，絹兕救回命兩條；
今日重判冤中案，撫平堂外口號潮。
本案是因誤證、誤判而起，承蒙都府恩准重審，重勘案發處，人證物證均已查明。熊友蘭，蘇玉娟你二人在此重審，得來不易，要好好的珍惜，果有不符，當堂講來。

熊、蘇：多謝大人。（內報過大人到）

況　鐘：有請！（過于執上）過大人為何來得如此急迫？

過于執：下官奉周都爺之命，前來問況大人，查勘兇案，言明期限，今已過半月，未見回報，如無進展，都爺口諭，即按律處斬，以覆報結案。

況　鐘：過大人，稍待片刻，本官正待審問，隨即定案，則一同返回蘇州稟報都爺。過大人請坐（過坐下），是否與過大人同堂審理？

過于執：不敢！況大人奉命全權審案。請！

況　鐘：帶婁阿鼠。（皂隸帶上）

婁阿鼠：叩見大人。

況　鐘：（拍驚堂板）婁阿鼠，你做的好事，還不從實招來。

婁阿鼠：小人昨日倒楣，遇到個算命騙子，到小人家中，說是爲小人安攞風水，一走之後，就被緝來受審，不知大人是否指這樁事？

況　鐘：正是。這位算命先生報案，他捉到一位兇犯，看看庭上的那張畫像，是也不是你？

婁阿鼠：是我。

況　鐘：你承認你是兇犯？

婁阿鼠：小人不曾對他說是那件案子，所以不知大人所指是哪件案子？

況　鐘：看來你還不只一樁案件，他報你的案子是你殺了尤葫蘆，搶了他十五貫，兇手，就是你，還不從實招來？

婁阿鼠：大人，這個案件無人不知，經過街坊捉到十五貫現行犯，當庭作證，經過大人明斷，完全符合民意期待，過大人已經定案。這十五貫與小人何干呀？

況　鐘：你可認得這件肚兜裝錢的錢袋子嗎？

婁阿鼠：這是從哪兒來的？

況　鐘：就是那位算命先生送來的，他說從藏在你家神龕後找到的，你就不認了嗎？

婁阿鼠：那的確是我的。

秦古柳：婁阿鼠你騙人，我一眼就認出是尤葫蘆的。

婁阿鼠：秦老頭，上次，他也作證，爲什麼認不出熊友蘭的錢袋，所以，我認定他是僞證。

衆鄰人：對呀！我們當時爲什麼不多問一句，熊友蘭的錢袋是誰的呢？

蘇玉娟：這是我父親的錢袋，這必定是婁大叔搶了我父親的。

況　鐘：有何爲憑？

鄰人丙：大人，您眞奇怪吔！女兒認出她父親遺物，就是人證，何來憑不憑的？

蘇玉娟：容小女子道來。這個錢袋，用得很久了，又被老鼠咬了一個洞眼，是我縫補的，繡成一朵牽牛花，把它看起來，還是像好的模樣，請大人詳查。

夏捕頭：（將錢袋外翻查看，再與熊友蘭的袋子對看）經查核對看，確實是補繡上的，是牽牛花無誤。

況　鐘：婁阿鼠，你還有什麼可以抵賴的？
熊友蘭：大人，小人的錢袋，萬幸，尚保存在案，請大人查看錢袋的一個死角，縫得十分紮實的一個補丁，打開有個油紙包，包裡藏了一張銀貨兩訖的貨單。（夏捕頭查看呈上）
況　鐘：（讀貨單）貨單言明銀貨十五貫錢，經此實證，熊友蘭的十五貫錢與尤葫蘆的十五貫錢無關，本案判定熊友蘭與本案無干。（衙門外，傳來高呼聲）
衆鄰人：我們做證，做錯了。當時過大人爲何不容他多話一句呢？我們害了他們二人受冤，這是我們的罪。
婁阿鼠：過大人，他們跟您判得完全走了樣，您看看，這是否就是官府百姓串通誣害好人呀！
過于執：婁阿鼠，你要拿出證據，說你是好人。
小八子：大人、婁阿鼠那晚到賴四老闆贖他妹子，就是馱這個錢袋，賴四老闆可以作證。我幫他數錢的時候，還看到袋子上有塊很大的血塊印子呢！當時心裡有點毛毛的。（夏捕頭查對熊友蘭的袋子）
夏捕頭：大人，熊友蘭的袋子上沒有一滴血印，這證明他不在凶案現場，也證明婁阿鼠搶了尤葫蘆的錢帶到賭場去的。
衆鄰人：婁阿鼠就是兇手。我們對不起熊友蘭。
況　鐘：且慢！婁阿鼠我來問你，這對郎中骰子你認得嗎？

婁阿鼠：是我的。
況　鐘：爲何是在尤葫蘆家裡找到的呢？
婁阿鼠：（胡扯個理由）小人常賒尤葫蘆的豬肉錢，一時還不起，就將這對骰子做抵押，大人不信，可問尤葫蘆。
況　鐘：盒子上有塊血印爲何呢？
婁阿鼠：尤葫蘆殺豬，也許沾了一點豬血，不是不可能的。
過于執：容下官多一言，方才尋到錢袋，對兇犯，實是證據；不過，盒子上沾點豬血，也是想當然之事，這就不可以一項有爭議的證物，納人於罪了。
小八子：婁阿鼠胡扯！那晚，他就是帶這對骰子，因爲沒人跟他賭，才改賭痲將的，怎麼可能抵押給尤葫蘆？
衆鄰人：過大人，抵押的東西不放抽屜裡，會扔在地上，掉在血裡嗎？我等參加這次勘查，知道我們上次作證，我們有罪，到如今，還不說實話。
婁阿鼠：大人，小人只是脫罪之詞，只以爲尤葫蘆死無對證，隨便扯扯，不必當眞。
衆鄰人：過大人，這對骰子丟在尤家兇案現場是有爭議的嗎？
況　鐘：眾街坊，莫要對過大人爭論，我來問婁阿鼠。你是怎麼將你的賺錢傢伙，丟在尤家的，從實講來。

婁阿鼠：的確忘記了。（夏捕頭，呈上一隻沾有血印的繡花鞋）
夏捕頭：大人，這是在尤葫蘆房門口找到的。（婁阿鼠大吃一驚）
況　鐘：夏捕頭，本官倒是一時忘記了。快將算命先生從他床底下找到的那一隻呈上來。（呈上）一起拿給婁阿鼠仔細瞧瞧。你可認得？（婁阿鼠點頭）我再問你，你的怡春院老相好爲你做的這對鴛鴦繡花鞋，你給我講一講爲什一隻落在尤葫蘆的房門外，又爲什麼沾上血，一隻又被算命先生找到？
婁阿鼠：大人，怎麼能知道得這般清楚呀？
況　鐘：夏捕頭，此刻當堂查對一下，熊友蘭、蘇玉娟存案的四隻鞋。
夏捕頭：稟告大人，全無半點血印。
衆鄰人：勘得對，查得好，我們作證有罪。
婁阿鼠：恐怕賴不掉了，我認了，從實說吧！
況　鐘：婁阿鼠，抬起頭來，仔細看看本官是誰。
婁阿鼠：哎喲，怎麼就是那位算命先生！
況　鐘：正是本官。
婁阿鼠：「莫朝活處去，專向死裡逃。」道長說得眞靈呀！前天不該拜天狗神，今天果眞被這隻狗官咬住了。

況　鐘：傳仵作。令將凶刀上、蚊帳上、地上、骰子木盒上、銅錢上、錢袋上、一對鴛鴦繡花鞋上的血印一一核對，是否相符。

仵　作：稟告大人，全屬一人血跡無訛。

婁阿鼠：我抵賴不了，也不想抵賴。不過，大人您再神明，您能查出小人那晚搶了多少錢嗎？

況　鐘：實在不知。

婁阿鼠：我既認了，諒也查不到，我就乾脆告訴您了。

況　鐘：請報上來。

婁阿鼠：（得意的說，並有一點戲弄的說）不甚精確的說，是十四貫加半貫。

況　鐘：（做大吃驚狀）婁阿鼠，你要說的更精準一點的話……

婁阿鼠：讓我想來，應該是十四貫，那半貫少了八個銅錢。請問大人，是不是與尤葫蘆十五貫不合呀！如果小人不認罪，大人能指證我是兇手嗎？

況　鐘：（大喜）眞是天網恢恢！還是做過的，必留痕跡。

衆鄰人：（齊聲高呼）我們現場查證，我們查到證據，我們共同見證，你就是兇手。

況　鐘：夏捕頭，呈上這半貫加八個銅板。婁阿鼠，你數數看，這不正是尤葫蘆的十五貫錢嗎？如今鐵證如山，你就是殺死尤葫蘆、搶走十五貫的兇手。你認罪，招供吧！

婁阿鼠：我招了。

況　鐘：過大人請一起聽兇犯認罪吧！

婁阿鼠：大人容稟，句句屬實。我婁阿鼠，混江湖，吃喝嫖賭各有一手，能騙也能偷，三教九流有朋友，不要說是賭場妓院的好手，哪怕衙門的爺兒們還得有時相求。沒想那些日子，手氣不好，那晚把自己的家當在賴四那兒輸得一乾二淨，帶著這對骰子，場中遇到行家，用不上，被逼簽下妹子賣身券，急得心狂……

況　鐘：閒話休提，說說你如何殺了尤葫蘆。

婁阿鼠：當晚大約已過二更，逛到尤葫蘆家，沒料大門沒關，還有點油燈亮著。我心裡想莫非他又殺豬，便想賒兩斤，不然一斤也可。順手推進門，一個人也沒，伸頭再向裡望，尤葫蘆像死豬一般躺在床上，沒肉可賒，不如偷肉案上掛著一把肉板斧，去押幾文，至少先飽餐一頓，再做打算。再一看，他身底下壓著一紮錢袋，哪來這麼多錢，眞是皇天有眼，偷來便可救急，贖回妹子。在抽他錢袋時，他忽然醒來，么喝什麼人？就捉住我，罵我說原來是你，欠了我肉錢，一直不還，又來搶我借來的本錢，還罵我你這沒有良心的狗。我就有點氣，我兩人就打了起來，在爭搶錢袋時，就散出落在地上。我手上拿著肉斧，心中只想錢，一時心急，順手砍去。就這麼巧，尤葫蘆死在斧下，血流一地，當時滿手是血就擦在蚊帳上，也顧不著骰子丟在哪，拿了錢袋往房外直奔回家，才曉得掉了一隻鞋，鞋底沾滿了血。因爲是老相好送的，捨不得丟，就藏在床底下。第二晚，我數了錢，十四貫半，差八個銅板，足夠贖回我妹子。直到過大人判案，才知道是十五貫。慶幸，過大人替我找了替死鬼，感到對不起尤葫蘆。事後非常後悔，只能到廟裡懺悔，不知算命大人有沒意識到我家神龕祖上神位旁，還特別爲他安了一座神牌位，就是求心安。實供一句不差，求大人饒了我。

況　鐘：要他畫押。

婁阿鼠：（畫押）只有一點，一定要澄清。仵作說全屬一人的血跡，這個說法不夠專業。我也受了傷，我的小胳臂流了不少血，現在還留下個不小的疤。

況　鐘：熊友蘭、蘇玉娟二人聽判：眞兇婁阿鼠已經查獲招供在案，現存案每件證物，皆不沾一滴血，足證你二人不在凶案現場，本府重審本案，一一證明你二人無罪，當庭去掉刑具（命人拿下枷鎖），讓你二人冤案平反，宣判無罪，釋放，十五貫錢發還。這一年多來做的冤狀，各人賠償五十兩。這個冤案係因過知縣的誤判，本案賠償金，判由過知縣以俸銀抵償，不得動用公帑。

（衙外傳來高呼口號）

熊、蘇：叩謝大人救命之恩，結環相報。

過于執：我朝司法，是歷代最爲文明者，尚無所謂冤獄賠償，更無所謂要由判官拿自己的俸銀賠償的先例，且是由同儕判定的。這種風氣不可長，本官無法接受，定要向上申訴，不是由況大人說了算。

衆鄰人：況大人，上次係由我們不正當的證詞，導致過大人的誤判，我們對他們二人的冤獄感到深深的不安（向他們賠罪），我們自願與過大人各賠一半，不知是否妥當？同時，希望過大人廢除保甲連坐法，我們以後就不會被逼來作證了。

況　鐘：眾街坊你們做了不正當證詞，導致誤判，是否屬於僞證，容另案處理。至於賠償一半，暫准所請。（衙外又高呼口號）（況示衙役）好好款待熊友蘭、蘇玉娟，明日由本府陪同一起同返蘇州謁見都爺謝恩，准予重審本案的大德（下去吧）。婁阿鼠聽判：因賭債搶錢殺人，嫁禍無辜，法理難容，依律判死，你可有話要說？

婁阿鼠：小人自知死罪難免，但對判案內容有點請求。

況　鐘：難道判案內容你認爲有何欠妥嗎？你就說來聽聽吧！

婁阿鼠：小人認爲殺死尤葫蘆，良心深感不安。我爲他懺悔，爲他辦法會，念往心咒安神位，供養。小人感覺到尤葫蘆已經原諒了我，冤魂已遠離了我的身體。但青天大人的法律不原諒，我也認了，我也接受了，我也不想上訴了。我認爲一死抵一死，一無怨言，但只想人間罪，人間了。不過令我煩惱的是，聽佛家老法師說殺人是五大罪之一，一定要墮入無間地獄，受無量苦。一罪二受，我受不了，我也不能接受。要求青天大人在判案內開給我一張證明，小人已以死抵罪，要求閻羅王不要再殺我一次。不知大人可否？

況　鐘：婁阿鼠要求向陰間出證明，免於受地獄的刑法，眞是聞所未聞，待本官回去研究、研究，再呈都爺定奪。先將婁阿鼠押進大牢，明日解送蘇州。（婁阿鼠下，況對過于執說）本官重審本案，過大人以爲還算公允否？

過于執：不敢貶一詞，人證物證俱全，果然辦案人的自家道理，佩服，佩服。這場判案，未動大刑，證人向犯人認錯賠罪，冤獄賠償，還要拿判官自己的俸銀來賠，眞是一場見未曾見的判案，堪稱判案奇遇記。不過，下官多此一言，況大人如此這般的逆勢操作，玩弄民意或許贏得一時美名，然美名的後面，帶來的風風雨雨，大人要多思量了。下官告辭。（下）

況　鐘：（一人獨白）這是人生中多麼奇異的機遇呀！一滴血，寫成「出水方知白蓮花」的絕句，必然千古流傳。這滴沒流的貞節血，激起我重審的動力。一件件證物上的血，卻畫出一幅死犯的全圖。血呀！血呀！你給了蘇玉娟的生命，卻也給了婁阿鼠的死亡。婁阿鼠你死得好呀！古人有言：人之將死，其言也善。阿鼠發現了良心，所謂遇難成智，地藏王還該判他一個死嗎？懺悔之言，是何其智慧呀！他把生死放下了。況鐘我

也該看破了，辭官歸去吧！（衙外放煙火聲大作）

夏捕頭：（上）恭喜大人！衙外歡天喜地慶祝本案重判。大人，這眞讓小的感到這次辦案的光榮，嚐到人民愛戴的甜味，也感到人民的力量。

況　鐘：禍福無常，本案的平反逆轉，正是好例子。他們的福禍是我決定，是禍是福，他們原本知道嗎？我們當小官的，在大官眼中，正如這些小人物。宦海無情，浮沉難卜。本案已結案，明日一大早啓程返回蘇州面謁都爺，交命。凡事不可預知，其他全放下吧！（同下）

第八場　狂歡吧

蘇州都府大廳，大廳外人民高呼

周　忱：（上）只因重審延斬一案，引發清議，責控失律，御史台提奏彈劾。幸蒙皇上英明，聖人降旨，本府考績歷年第一，破例行事，必有可取者。而今平反，百姓頂額，聲動臨安。聖上忽派欽差大臣駕蒞本府，特敕詰擢升，吏部右侍郎。近日奉陪參訪民情，並宣慰百姓，百姓爭相傳告，同感皇恩浩蕩。昨日寒山寺爲當今與太后薦福，以報擢升之恩於萬一。今日恭送欽差大臣返京，未曾稍作安息，趕返回府。中軍，令況鐘與本案相關人等來見，本官親自審問。（況鐘、過于執、熊友蘭、蘇玉娟、婁阿鼠等同上）

中　軍：升堂。

況　鐘：恭賀老大人高升天官，卑職代表蘇州府百萬縣民向老大人道賀。

周　忱：謝了，況知府，此次重勘本案，甚爲費心，速將重審經過一一道來。

況　鐘：本案已經水落石出，完整經過已備在案，呈老大人垂察。請老大人容稟：只因本案一人殺人，禍及二命，本案平反，勢將連累三審六問大員，卑職死罪，於心不安。今本案已經圓滿結案，特向大人呈上印信，辭職早日返鄉，叩請恩准。

周　忱：（接過印信，此時各人表情不一）況知府，你說哪裡話來？本府幸蒙聖上擢升閣老，多少也係因本院勇於承擔重審本案之責，聖意不僅嘉勉，特囑表揚本案例爲官箴典範。至於重勘，也係因你一念之仁，即使御史台降罪也是過在本院，與你何干？爲官之道，但求直道。因直而行，本案得而平反，意外的帶來司法改變，或許出於偶然。改變帶來進步，這種進步，令百姓感到驚喜與快樂，你當與有榮焉，何過之有？既無過，又有功，豈可輕言辭職。今天是本院大喜之日，爲嘉許你的一念之仁，必能愛護百姓，連升三級，特派襄陽道八府巡御史。

況　鐘：蒙老大人提拔，叩謝老大人！但卑職實無此才能，不敢受命。

周　忱：嗯，不可抗命。

況　鐘：是，是。

周　忱：即日以水路二道趕往，不得有誤。況鐘，你要知道，這是特達之知，不要忘恩，才是

況　鐘：遵命，謝大人。（下）

呀！上任去吧！

周　忱：過于執，本院看你年年交稅成績甚好，連連提升你到常州一等縣，小有才而矜才邀功，不重人命，居然辦出這件案子！黑函遍傳，經查有據，本院不得已改允況知府之請。今御史彈劾你提交三審六問的案情不實，有損各大員的清譽，招來非議，著令解京論處，你可知罪？

過于執：卑職死罪，看在追隨大人多年，請大人開脫，給個機會，以圖報效。

周　忱：免除你常州正堂本兼各職，停職三年。由本府擔當，暫不將你解京論罪，已是你最佳處理方案。待本院到京，將此案作爲試驗，以觀百姓反應。經過本案的一點改變，希望醞釀成制度化，凡官失職，一律停職三年，再候缺任命。下去吧！熊友蘭、蘇玉娟，你二人有話要說？

熊、蘇：（下跪）叩謝老大人恩賜活命之恩，雖然我倆人受盡身心折磨，大人恩勝再造，心存感激，投環相報，心滿意足，已無餘冤了。

周　忱：你等二人受到冤獄之災，本院十分同情，特補償冤獄費各人一百兩，並維持況大人原判，補償牢中虐待費四百兩，同時朱掌櫃支付獄典公關費一百兩，於法不合，一併退還給二人。

熊、蘇：感謝大人恩典。

周　忱：既無異議，就此結案。由本案看來，原係蘇玉娟養父尤葫蘆一句戲言肇禍。蘇玉娟的一句「出水方知白蓮花」以示清白，本府十分欣賞這個句子，而今還了你們二人的清白，本院一時忽發奇想，也想說句戲言，不知你二人願聽否？

熊、蘇：大人的戲言，就是小人的玉言。

周　忱：（哈哈大笑）喬太守亂點鴛鴦譜，本院不是亂點，而正式爲你二人提親作媒，正式結爲夫妻。這個夫妻的名分，是兩條命換來的，是何其不易呀！死囚配成眞夫妻，好似破天荒，寫成傳奇戲文必定勝祝梁。你們想也不想？

熊、蘇：叩謝大人恩典，分沾大人的喜事，結成姻緣，敢不奉從？叩謝大人作媒。

周　忱：本院爲表示對這冤案的歉意，特撥庫銀三百兩交付蘇州府，公開爲你二人舉行盛大的婚禮，藉以昭示官府有過必改之政，以安百姓。

熊、蘇：叩謝大人大德。

周　忱：本院要問你二人，對婁阿鼠還恨嗎？

熊、蘇：大人恩典讓小人二人活命，對婁阿鼠雖有殺父之痛，已無餘恨，乞請大人從寬發落吧！

周　忱：婁阿鼠，你聽見他們二人的話了嗎？

婁阿鼠：慚愧！幸因大人重審，況大人重勘，減少小人的罪孽。只因本案讓他們二人無辜受罪，容小人向他們磕頭謝罪，以稍解心中的歉意。（向二人叩頭）

周　忱：婁阿鼠，你知罪嗎？

婁阿鼠：知罪，小人只錯在那天晚上忘帶迷魂香，釀此命案。而今他們二人沒有冤死，小人已無餘願。道長講得對，莫朝活處去，專向死裡逃。如今情願領死，一死抵一死，小人更無餘怨了。只望大人開張證明，免在地獄再受一次之苦。

周　忱：知道了。尤葫蘆無有後人，蘇玉娟又非親生，更無餘恨。婁阿鼠欣然領死，依律多殺一個，又有何益？……婁阿鼠，如果本院免你一死，如何呢？

婁阿鼠：大人青天，容小人活命，小人發誓，餘生不二過。

周　忱：這是你發的誓。人非聖賢，孰能無過？果眞改過，不二過，何異聖賢？依法多殺一個聖賢，還是個法律嗎？好吧！婁阿鼠，本院改判你一個死緩。這是什麼意思呢？就是依律在頭額刻上金印，讓路人皆知你是個死囚。如果你犯有二過，立刻執行原判，一百二十刀凌刑。本府不開證明，還要你到地獄，再受一次苛刑，你願意嗎？

婁阿鼠：小人再發重誓，餘生不二過。齋戒前非，那晚詐贏賴四的錢，足夠開爿小店，賺的一半，供養廟裡尤葫蘆的牌位。若有餘力，餘生行善，迴向老大人恩德。

周　忱：你保證做個餘生不二過的善人。正如佛家所言，放下屠刀立即成佛。而本院留個死囚頭額刻上金印的善人。極樂世界有放下屠刀的佛菩薩，蘇杭有死緩不二過的大善人，眞是上有天堂，下有蘇杭。這一點改變，不正是本朝刑不上大夫，而今死不及百姓，這不就是人間天上嗎？希望創下這個死緩的例子，朝野百姓共同認同成爲普同價值。

婁阿鼠：只因大人的佛菩薩心腸，點化人間，留下小人一個死囚的一條命，帶來罪人重生的一線生機，眞是人間菩薩！百姓爲大人慶，爲我朝中興頌。

周　忱：好一張利口。

婁阿鼠：感激大人過獎，小人雖是小人物，只少了一張功名的證明，不然，小人的口才，絕不下於過大人。

周　忱：少要自誇了。死罪雖免，活罪難逃，當堂杖打四十大板。（這場杖打，當不下於《野豬林、白虎堂》裡林冲的表演。再由熊、蘇二人扶持，可參考〈野豬林〉那一場，不過，要構成一段三人歡樂共舞，退場。必要時，可增加唱詞）退堂。（眾下。阿嬌上，外傳來陣陣萬歲……的歡呼聲）今天的退堂，何其不同呀！婁阿鼠打得呼天叫地，站起來是手舞足蹈，是何等的歡樂。看熊友蘭、蘇玉娟二人扶著婁阿鼠退出大堂，那是多麼美的一景呀！這原本是一場可恥的判案，因爲我偶然的平反帶來如此的大歡樂。（外面傳來歡樂的呼聲）歡樂吧！也許寫成傳奇戲文，讓樂府流傳，會比留在青史的美名還久呢！

阿　嬌：老爺，您怎麼了？小妾已經三次請安了。
周　忱：正沉醉在人民愛戴的吶喊裡。歡樂吧！盡情的狂歡吧！
阿　嬌：老爺，什麼歡樂不歡樂，我們哪天不歡樂？外面吵死人了。
周　忱：我也該歡樂。小嬌，去叫班子今晚來唱戲。
阿　嬌：不成，他們正趕排《周巡撫親點鴛鴦記》，作爲婚禮宴賓大戲，熱鬧得不得了。
周　忱：這個案子十分圓滿，我說過的，就安排劉守略的四姨太今晚來會一會。
阿　嬌：夫人交代，她進京，只要小妾服伺老爺的。
周　忱：我知道。約她來，就是要妳與她結個金蘭，成姊妹淘，妳就有個名分，與貴夫人來往了。
阿　嬌：叩謝老爺，小妾即刻就去請。（下）
周　忱：改變帶來的歡樂，才是眞正的歡樂。狂歡吧！盡情的歡樂吧！享受一個心中的情人節吧！（下）

（大廳外，歡樂呼聲不斷）

第九場　謝幕

全體演員拿著各場的標語一起上台，叫叫嚷嚷

小八子：（宣布）四爺在家被自家的老母狗咬傷了腿，不能來看排演，他交代說一件愉快的小事，在苦日子裡，都會帶來特別的歡樂。這場不論以哪種形式安排謝幕，要表現出狂歡場景，或將戲尾沒有上場的婚禮，也能在謝幕中串演一下，就是要讓觀眾分享舞台的氣氛，感染他們，像似過嘉年華的狂歡。請班主排一下。

班　主：明晚我們正式演出，現在分組謝幕，順便檢討一下，有沒有哪一場的情節或對話必需加以修改不可的。先由老舉人這組開始。

老舉人：〈楔子〉完全是多出來的一場，我這三路老生能有戲演已經很滿意了。不過第三場〈見都〉改變情節的最後一根稻草是由老舉人發動「揭發官弊八卦節」，結果周忱順

從民意，還是個好官；況鐘重勘平反，擢升八府巡按，特別是況鐘黯然退場，一點掌聲全無。熊友蘭、蘇玉娟連聲謝謝都沒表示，只顧對周忱千謝萬謝的什麼恩典大德，眞是一對勢利小人。既然由老舉人發的難，就再由老舉人要求仕紳辦個歡送會，做個結局，表達好官受到人民的愛戴，讓情節頭尾一致，觀眾也喜歡這類拍馬屁的場面。對了，對了，我們罵了半天「狗判官」過于執，他被免官，絕不能讓他輕易的溜下台，也該有段戲料，給他一點顏色，這樣的話，還可以增加不少我的戲，那我就更滿足了。

班　主：情節統一是必要考慮的。場記小八子，請記下。俞四扮過于執的第四場分量很重，看看如何？

鄰人甲：他在後台拉稀，說不參加謝幕，跳過好了。

班　主：小八子，你過來，你就代他謝幕，而且要表現他的懺悔。

小八子：不對！絕對不能懺悔。貪官一直有個信仰，而且比信仰上帝還要虔誠。他們堅信貪汙是一種社會進步的主要元素，所以絕對不能代表貪官懺悔。他們要進行建立「貪汙制度法案」，這才是第四場的重點。

班　主：不行！貪汙是貪人民的血汗，一定要懺悔。小八子，你是希望掛大字板，還是戴高帽子？

小八子：那我就戴高帽子，（有點像戴高「樂」）比較符合小丑的戲分，在舞台上也可高人一等。

班　主：還是掛大字板比較安全，我怕台下觀眾對貪官表達不滿，會丟雞蛋，先丟幾個試一下，那還好，如果是石頭就會傷了你。哪一種比較好，你和俞四商量商量。道長你們呢？

凡一道長：天狗神籤和東方朔的那兩首偈，才是點出破案的關鍵。尤其是東方朔，可尊爲我們梨園的祖師爺，更該特別宣揚。亂世鬼神多，連個雜牌「十六王公」皆能咬到眞兇，這有多靈呀！你們看看，當今上自天子下至凡夫，有哪一個不拜廟的？所以，要加重宗教這個大主題，而且還會積功德。

況　鐘：這是迷信，我不苟同。這個案子，不是什麼「不畏官司千紙狀」，而是「只怕鄉民三寸刀」那股壯大的民意壓力，在這股壓力下，「民爲重，官爺次之」，不得不改爲重審，冤獄賠償，這才能轉移百姓焦點。果不其然，這群白癡群眾放煙火慶祝，讓官府脫身，所以，司法改革，冤案賠償，才是做官人的正點。

鄰人乙：就是這個判案，新上任的常州縣令一到任就以行政命令，強徵「冤獄賠償強制稅」，作爲判官誤判儲備基金。秦老爺子家特別有錢，這次被判爲僞證，抽得特別多，搞不好，遍地開花，就變成百姓「萬」稅了。

秦古柳：眞眞冤枉！憑當時的那點認知，以爲兇案是眞的，我才熱心作證。沒想到，判官說他完全沒有半點私心，完全依據這些具體作證事實，依律而斷爲僞證，罰款我一半家產作爲「冤案賠償基金」。因爲判決完全合法，所以不得上訴，不得上訪，你說這不是冤案嗎？只少了要我的命。這種報應是應該的嗎？

俞　四：（上）在廁所拉肚子，一個觀眾遞了一張條子，要我一定上台代爲表達。

班　主：其他的人先別說，民意爲上，觀眾投書更是要捧著，好作爲修改的參考，才合他們的意，你就代讀吧！

俞　四：（打開聞一下）這還有點尿味。我宣讀，大家聽：

本人代表觀眾反對立法討論〈冤獄賠償強制稅法〉。你們想想看，哪一個判官你不用打破，就知道是個徹頭徹尾的壞蛋。現在判成冤案的，比老農人口還多，一旦通過，他們串通犯人，不是冤獄，也判成冤案，統統判成冤獄賠償，結果全民繳稅買單，他們收回扣。這叫什麼司法改革？所以要賠，就用判官退休金加上他的資產。（忽然褲子掉了下去，又拾了起來）

婁阿鼠：別讓他再念下去了。

班　主：你有何高見？

婁阿鼠：演慣老本子，全是婁阿鼠的戲，現在改成況鐘從頭到尾擔綱，把阿鼠改到第四場下，剛剛好過了戲的一半才露面，就這一點，我全身上下感覺全不是味道，不習慣，也看不慣。所以，這口氣全發在那場吶喊上，等到下面的戲多了，在懺悔時，心裡才平下來。我認爲這齣戲是婁阿鼠的戲，不要亂扯其他的事件，這就將情節不集中，我提議把楔子刪了，恢復阿鼠老本子裡的分量。四爺新編，搞什麼解構、重組、新形式、新內容。爲什麼只敢在判小人物的死刑上作文章？爲什麼不天翻地覆改成東西大街搞成大遊行，變成暴動，塑造臨安一位鎮壓暴君，派下欽差大臣，將周忱、況鐘、過于執，管他是好官壞官，統統砍頭？這才是顛覆劇情，才有血腥味，才有戲劇性，才能讓觀眾驚奇，過癮，才爽。四爺愈老愈頑固，偏偏天天講些無聊的創新，創個什麼新？無聊！我們都已經提過多少次意見了，他就是掌握不了觀眾的感覺，我們也演不出觀眾的趣味。所以，我對四爺這本新編感到非常不滿。下次還是不採用我們主要演員的意見的話，我要拒演。不信試試看！

張小奎：對呀！我就加演尉遲恭斬了李世民，讓尉遲恭沒有封到官，出一口鳥氣。

班　主：歷史上沒有這檔事，怎能亂編？別爲了搶戲分，就瞎扯。

馬連喜：我不扯。秦檜太師爲高宗皇帝編出脫罪之詞，是經過唐代俗講考證的，說：「問大唐天子太宗皇帝，去武德七年爲甚殺兄弟於前庭，囚慈父於後宮，仰答。」講得多帥，多有理呀！這若不是秦太師託夢，四爺只是個舉人，絕對想不出狀元的才華。難怪「以紹興十五年四月丙子朔，賜第望僊橋。丁丑，賜銀絹萬匹，兩銀千萬，彩千縑」！諸位看看，銀兩千萬，彩千縑，我們不談，那是我們只講銀絹萬匹，皇上穿的是金絹。我們蘇州紡織廠一部機器一組上等技匠，一天只能織一尺吔！你們看看，秦太師編個故事賺了多少錢呀！諸位試想想看，穿得上銀絹朝服的，大概是三品以上的大員，這豈不是封了秦太師是大員朝服專賣店嗎？一件兩千兩，誰敢還價一千八。這一萬匹足足賣上一百年，有這種巴結大臣的奸君，像王八旦趙構的嗎？我演出一定很有意思，我們要把這段雜劇演全，鼓勵學習秦太師編故事創意賣國。班主，您說有多少好，就有多少好。

班　主：也好，明晚演出時，問一下台下觀眾有沒有時間，想看不想看。好在這段雜劇四爺改編過了，我們也整排過了。姨太太、阿嬌、蘇玉娟，妳們三個是這齣的三朵鮮花，要成爲觀眾的亮點才好，說說……

姨太太：不知是不是四爺年紀大了，對女人失去興趣，以前編的本子，全是女人擔綱，班子裡的旦角忙不過來，價錢也好。現在戲裡女人，愈來愈少，這不符合婦女觀眾比例。你看看這些年高票房的，哪個不是以女主角爲中心的。本劇只有我們三個，少得可憐，哪能成爲觀眾的亮點。全劇充滿道學，全是些光鮮亮麗的口號，包裝齷齪勾當。既然是些勾當，就演出來。班主，您也要善用班子裡優秀演員，哪一個比不上朱如秀？

〈楔子〉裡魏進士的幾房姨太太，不能只用賈舉人口述，不能僅靠一張嘴，要讓她們全上場，只要妖冶亮相，不要說演技，就成亮點了。一個漂亮的暗娼，求得一個夫人的名分，有什麼不對？這才是精益求精，才是上進的榜樣。等當上夫人，反過臉來罵魏進士，「瞎了眼才嫁給你」、「死人」、「一張嘴」、「活死人」、「紙老虎」，才顯出婊子無情。最好加上一個夫人當妓女的情節。班主，先不要光講藝術原則，我們女人，要賺進錢，才是踏實的。

班　主：腳本沒有這個喬段，就甭扯了。

阿　嬌：怎麼沒有？朱如秀扮林太太，就是三品官員的太太，還不是夫人嗎？勾引男人的風騷勝過娼妓，大有寧當婊子，不做夫人之感。不要別人，我來演個人偶共舞，那種偶劇演技藝術之美，表演內在情慾，就足以征服劇場，用不著母狗叫春，就讓全場觀眾像似觸電般汗毛豎起來，馬上成爲全劇亮點。只要放出風聲，明晚正式加演這一場，保證觀眾增加兩成。演這種人物比阿嬌過癮多了。

班　主：倒不知你有這門絕技，等看了排得怎麼樣再說吧！別急著改，只怕被指責有傷風化。蘇玉娟妳舉手有意見嗎？

蘇玉娟：我要求在公堂上行房，以一滴貞節的血，證明清白。就是金瓶梅三個人加起來，都沒有這份智慧，所以，本劇應該更名爲：一滴血傳奇。

熊友蘭：我喜歡「出水方知白蓮花」，更美。

蘇玉娟：那就改爲：一滴血點出白蓮花，文雅極了。

班　主：戲名都已經掛牌了，不便更動了。周忱，你……

鄰人丙：老闆，老闆，我是臨時演員，戲裡叫鄰人丙，讓我先講，本劇編導好像皆不重視人物性格的發展，特別是小人物。

班　主：好大的口氣！你舉個例子。

鄰人丙：第四場下〈查案〉，我對夏捕頭說：「我嗆你，你又能怎樣？」在第七場〈重判〉，對況鐘說：「大人，您眞奇怪吔！女兒認出她父親遺物，就是人證，何來憑不憑的？」這明顯的是想塑造一副名嘴的形象。可是下面全沒詞了，就形成不了這個人物形象了。

班　主：你想怎麼編呢？

鄰人丙：在第七場，如果能像第二場〈拒斬〉裡的陳訟師，處處等著嗆況鐘。諸位要找兇神惡鬼要到廟裡十羅殿去找。佛家的貪、瞋、癡、慢、疑、惡見六種原形，不用找，時下的名嘴一一都是具體眞人形象，我可以模仿任何一類名嘴的嘴臉那種死賴活纏的功夫，爲過于執辯護，維持原判的正確性，來嗆況鐘，保證觀眾開懷。

班　主：在第七場你是什麼嗆法，來維持過于執的原判？

鄰人丙：婁阿鼠說：「只要保證不下地獄，我發誓，我就信。去他媽的！不上西天，我專上東天。」就憑這句話，就可以嗆況鐘爲什麼不判婁阿鼠死刑。

班　主：願聞其詳。

鄰人丙：我朝皇上，文武百官，下至凡夫百姓，無不奉佛法，相信犯罪下地獄，修行善事上西天極樂世界。唯獨婁阿鼠，專要上東天，這不是擺明反抗朝廷，這就是反了。反了，還爲什麼不把他判死？這種維持原判，有何不可呢？這雖然是宗教信仰自由，不過扣上一頂政治高帽子的罪名，準嗆得況鐘無詞，這有多帥，多刺激呀！

況　鐘：這是婁阿鼠的獨白，只有他自己聽到，我怎知道。

鄰人丙：亂講！全台下觀眾都聽到。如果你照著我的詞，判了婁阿鼠死刑，沒有一個觀眾會上台，說你沒聽到。不信，可下台去問。

況　鐘：眞是強辯鬼扯。

鄰人丙：這就是名嘴形象。

班　主：貪瞋癡慢，這四項大家耳熟能詳，你就說說疑和惡見吧！

鄰人丙：惡見就是邪見。能把開國元勳說成罪人，把聖人說成壞人，把孔子說成韓國人，把抗戰英雄說成漢奸狗熊，這就是惡見、邪見，沒有一個不墮入大地獄的。如果第七場給我足夠的戲分，就從婁阿鼠的吶喊，到第七場由我表演貪、瞋、癡、慢、疑與惡見，六種名嘴具體形象，再接下是婁阿鼠的懺悔，接著他放下生死，坦然接受死刑，一氣呵成一個偉大的宗教主題。提升精神生活境界，比一部《無量壽經》講得還具體，讓佛教徒統統爭著來看本劇，對嗎？比念經容易懂，或許立刻開悟，這才是做功德呢！讓那些專門講經的臭驢氣得牙癢癢的；警告時下名嘴預見時至，個個墜入大地獄，叫他們及時向善，天天念大悲咒，你看看觀眾有多爽，這才多好呀！那麼，這個角色，就不要再叫鄰人丙，能成個名嘴，至少也給個秀才的名分。請班主多注意小角色，小角色也是角色。對了，我忘了講什麼叫做疑了，我最會講了。

班　主：可以，可以了。沒想到一個臨時演員有如此的大才，眞是後生可畏！這次演出沒法加你的戲分，但多給你半貫錢做獎勵。下檔與四爺合編《名嘴現形記》，如有好點子，另加編劇費。況鐘，你是大台柱，說下吧！

況　鐘：舊本子塑造況鐘成一個巨大的人物形象，總覺得四爺將這個形象給毀了。這兩種新舊形象在一個演員的腦海裡相互衝撞，不管新本子增加況鐘些什麼，反而覺得不如蘇玉娟、婁阿鼠、周忱。我實在不想說些什麼，讓我沉澱一點時間，再談吧！不過，我不是與過于執有仇，第四場上〈辯判〉全是做官的負面行爲。我們劇團負有社會教育的功能，不應宣傳這些負面教材。所以，建議把它刪掉。

過于執：不行！一個劇本一定要有壞人，壞人的高度，才能顯出正面人物的高度，我不同意他的看法。

況　鐘：要演就演，我只說出我的看法。還有，有人問我〈見都〉爲什麼我帶著印信？帶印信，是我臨時加上去的，本子裡沒有。從戲劇行動的實境著想，我怕印信留在現場，不知哪個冒失鬼，這是不可預測的，拿起蓋上印，將他們兩個人推出斬了。如果觀眾看不懂，明晚正式演出，我就不帶了。

班　主：還是帶，觀眾看不懂也是一種演法。

況　鐘：另外，殺人抵命這是一般生活規律。最後周忱提出什麼死緩，什麼普世行爲，我們是下九流的戲子，配不上這些所謂的崇高思想，觀眾也未必懂，也未必認同，我也認爲給刪了。

班　主：周忱你以爲何如呢？

周　忱：我認爲這是四爺這些年編得最特殊的一個本子。以前兇手是誰，怎麼犯案，一開始就知道。新本子變成懸疑，一直到〈重判〉，透過所有查獲證據的揭發，情節逆轉，查到眞兇，就像拼圖找到了最後的那一塊，拼成全圖，大功告成，才眞相大白，造成高潮。叫人稱爽，這才是欣賞戲劇審美的最高快感。演了幾十年的戲，沒演過這種新形式。這個高潮是況鐘的最後勝利，應該保留這個原有形象。不要讓況鐘出現在第八場，不要假惺惺的辭官返鄉，塑造清官八股老套，現場的況鐘就是清官、好官，應該鼓勵好官，擢升八府巡按，直接奉旨上任。那麼，老舉人等也可派上用場，地方舉行盛大歡送會，把第一高潮的光榮由況鐘一人獨享。

況　鐘：老趙把我說不出來的話，全說出來了，我同意。

周　忱：你甭搶話。不管大家怎麼想，我總認爲時鐘不會因爲那些出狀況的事件停著不動的。這件冤案——這種官場惰性的惡行，不論等幾百年，總要有人出來改。抓住狀況，及時重審，就是進步。所以，才改叫況鐘，也就是狀況時鐘之謂也。似乎本子裡缺少凸顯這層主題的喬段。我覺得挺可惜的。不然，四爺更名況鐘，就沒啥意思了。不過，第八場增加周忱一場，眞有意思，四爺創造了第二高潮。第一個高潮，是純粹情節結構性帶來的結局；第二個則是境界性的高潮。試看周忱改判死緩，杖打婁阿鼠四十大板，那種痛苦中重獲生命、手舞足蹈的喜悅，蘇玉娟、熊友蘭兩個扶著仇人下場，創造出舞台上這種偉大場景。這正是「枯木開花劫外春」，再好的禪境，也不過如此。這種歡樂的喜悅，是以前本子從不曾有過的，也眞正符合四爺平日一百八十公分的說法。以前的十五貫是一百八十公分，本劇看到一百八十一公分高度以外的境界，讓我過足了當大官可以享受放生那種特權的癮。第二高潮留給周忱、婁阿鼠狂歡吧！我滿意極了。我看該多給四爺一些稿酬，這是我的瞎講。班主，你選這本子做這檔大戲，必有您的想法，讓我們演的時候琢磨琢磨。只是本子有點長，怕觀眾不耐煩。

班　主：這次我演兩個班主和賴四三個角色，都是幹班主這行的，沒有別的心思。就是趁機起鬨，選個新本子，造點危言聳聽假新聞，多賣點票，這是秋天大檔，多騙點錢，等封箱時，發得出年終紅包，大家好過年。咱們這空蕩蕩的小舞台能演出什麼了不起的眞實，我們哪裡懂得什麼是眞實。每檔子選本子，全靠四爺先編個稿子，哪裡眞的知道這件事的眞相，全由班子演員、臨時演員、工讀生，各人對這事件的一知半解一點一點的湊起來。對了，還有從廁所傳來的觀眾紙條。今晚演明晚改，誰曉得是不是眞實，湊合湊合在舞台演出，讓觀眾差不多能當眞，就阿彌陀佛。所謂一切眞實，皆是未完成的，不確定的，不可預期的或無限發展的。求得完美，就是一種缺陷。爲了補上這點缺陷，我們就得不斷的修改，還要能跟觀眾見識差不多，太高，看不懂；太低，不來看，全靠這一點一知半解逗觀眾給騙進來。班子裡我有個小女人，阿花。逗得我樂，她一不在，我就想她。我也想選本子逗觀眾樂，只要他們想看戲，就想到班子，我就心滿意足了。剛才趙大牌不愧趙台柱，講得眞不賴。不過，把況鐘這個名字說得有點玄。我聽得有點頭暈，壓根子也沒想到，我想也沒人懂。好在鐘、鍾二字同一個音，反正一樣。我想只是四爺一時筆誤沒啥玄機，不必去問他同不同意，我們就改回原名吧，不會有人計較的。一點也沒錯，戲份實在太長，不要再增加這些節外生枝的主題，千萬不要搞得觀眾坐到不耐煩拔尖走人。好吧，大家今晚就這麼排，明晚正式上演，看看戲探子的八卦和觀眾的反應，再修改，希望能逗觀眾樂一樂。謝幕到此結束，大家休息吧！

小八子：不行！四爺說要把婚禮排在〈謝幕〉裡，要觀眾跟我們一起狂歡。

班　主：對呀！該排個高潮呀！我想買三十斤牛軋糖灑給觀眾，讓他們搶糖吃，跟我們一起狂歡。小八子，記下，明天問劇院准不准。同時，發通告藝校舞蹈科學生，多來人把場子撐得更熱鬧。不過，只給便當。還要自己帶指定的戲服。演員們，現在排婚禮。這兒是花轎隊，接著吹鼓手隊、舞蹈隊……

（編一個大型舞蹈像似〔不同地域的〕嘉年華，在台上台下狂歡，在〈晚安曲〉中落幕）

新傳統主義：創作四元論

一、前言

首先感謝本屆華文戲劇節，邀我擔任這次大會專題演講，深感榮幸與不敢當。今年是五四運動九十週年，毋庸置疑的，這個運動帶動著中國社會的大變遷；而話劇這個移植的舶來品，五四是它關鍵的奠基者，能否成爲一代之文學尚待努力，至少，已成爲全國性的劇種。今天向諸位同好未提出本文〈新傳統主義：創作四元論〉的報告之前，請諸位先看這張圖片：

這是二〇〇五年五月二日禁止

核子擴散條約國大會在聯合國總部揭幕，環保團體綠色和平組織成員以一個骷髏頭自由女神像，站在核彈殼內向外高舉火炬，在柏林德國外交部抗議。如果火炬改用代表核子符號，或許更具時代意義。我們知道有不少的自由女神作爲題材的名畫，以表達爭取各種不同內涵的自由，而賦予新意。明顯的，這尊「核彈內的自由女神」，是假借紐約自由女神像，作爲創作第一現場所產生的原意，經過解構，以一顆核子彈造成毀滅人類一切歸於死亡的骷髏，所表達的是超過任何過去自由女神前所未有的新意，這就成爲第二度的創作成果。本文界定這種創作法爲：新傳統主義。藉著這張圖片具體的形象，認識創作概念及過程，是否可以借用到戲劇由傳統第一度創作轉換成爲第二度新傳統創作的認知呢？

設將近代西洋美術理論史的寫實主義、印象主義、象徵主義（包括所有主觀意識派）、野獸派、表現主義、未來主義、結構主義、達達主義、超寫實主義到政治藝術等等，這些畫派不同發展過程的主義與西方戲劇創作理論做出平行比較的話，試問戲劇的哪一個主義不是亦步亦趨的伴著美術宣言脈動而前進的？就連Erwin Piscator以及左翼政治劇場對當時社會的訴求，能超過這張「核彈內的自由女神」來表達的更強而有力嗎？更不必提現代藝術各自爲政的內容與形式，已變化到萬花筒，例如抽象畫已超越各種傳統概念，到無以預測的境界。不要說那些看不懂的觀眾，哪怕諾貝爾戲劇獎得主，皆要感到戲劇創作內容的貧乏，至少遠遠趕不上美術世界的變化。如果這個不同藝術比較是可以借用的話，我們應該停下來想一想，似乎要跳出戲劇的創作來瞭解創作。戲劇理論的教學迄止目前是否還滯留或執著在亞里斯多德《創作學》的那一套情節行動事件與形式的二元創作論之上嗎？這兩千多年來的理論能趕得上這個快速時代的變化與創作的需求嗎？我們能不做一番思考嗎？

二、界定創作四元論

接著，創作四元論又是什麼？解說這一個概念是比較複雜的。首先解說什麼是臨摹。

二〇〇八年七月應國立歷史博物館之邀展出本人書展，演說中發表我的書道創作經驗。在書法中創作與臨摹是怎樣分別的呢？在書法的傳統裡，如果能臨摹一張王羲之的〈蘭亭序〉就被視爲創作了。以自己背臨某家或幾十家而自詡或被認爲是大書法家者，不勝枚舉。事實上，不論到什麼程度的臨摹，僅能相當於一位拷貝者（copyist），一件臨摹作品也只能算是贋品。我曾以當年在巴黎，一張齊白石的眞跡要賣五萬法郎，而一件贋品只不過五十塊法郎，其價值如此天壤之別。猶不僅此，在英文裡copier或copyist的意思可以釋爲剽竊者。剽竊，用現代的語言說，是一種侵犯他人著作權的行爲。在學術界是唯一的死刑；在創作界是一種可恥。那麼爲什麼歷來書法創作上從不曾見過有這種剽竊他人的羞恥感呢？甚至，這種臨摹方法已成了千年來創作心靈上的基因，這斷然不是未來創作的方向。

其次，什麼才是眞正的創作呢？本人在這次近乎西方某一派主義的書法創作宣言演講中提出，眞正創作不可缺少的四個元素，即1.題材；2.形式結構；3.任何一位藝術創作者皆不可能忽略他的時代精神，簡稱爲時尚，以及4.創作者不可模仿的獨特個人氣質。換言之，書法創作X是這四項元素的組合，以一個公式表示之：

X＝1＋2＋3＋4

這就是本文所稱的創作四元論。如何應用這個公式來評論它爲什麼有別於千年來的書法創作成就呢？舉個例子，王羲之的〈蘭亭序〉隨唐太宗陪葬之後，虞世南、褚遂良這兩位大家推崇的唐代大書法家所臨的〈蘭亭序〉，列爲八柱之二，奉爲國家級文物，無上珍品；哪怕摹的與王羲之眞跡一模一樣，那麼虞世南、褚遂良豈不永遠滯留在晉代王羲之的時代嗎？還會有一點唐朝時尚可言嗎？更談不上他們個人獨有的風格了，充其量只不過是王右軍的拷貝而已。這種臨摹當作創作，不但沒有剽竊的羞恥感，而且感到自豪。這正屬於「死人化」的創作法，也是千百年來創作概念基因的主流。書法是中國最長期的，也是最強勢代表藝術的創作，其他傳統姊妹創作心靈可能不自覺的受到它的影響。本文藉此延伸所歸納出這種創作心靈特徵，應用在解釋如何成爲戲劇創作的基本模式。

事實上，王羲之所代表的帖派形成了中國書道主流，一直臨摹王羲之而誤認爲創作，居然超過千年沒有人能超過他的。試問何來時代的時尚與創作者不可取代的特質可言？結果是一代不如一代成爲館閣體A，由於過於孱弱而被視爲文化衰弱的象徵，於是到了清乾嘉時期，提出漢魏雄壯書風的碑體B，希望重振中華書道，視爲第二傳統。照理講來，能結合這兩個傳統不就成爲重振中華書道的總和X了嗎？

X＝A＋B

或者打個比喻：每一個傳統是個圓，有它的半徑：

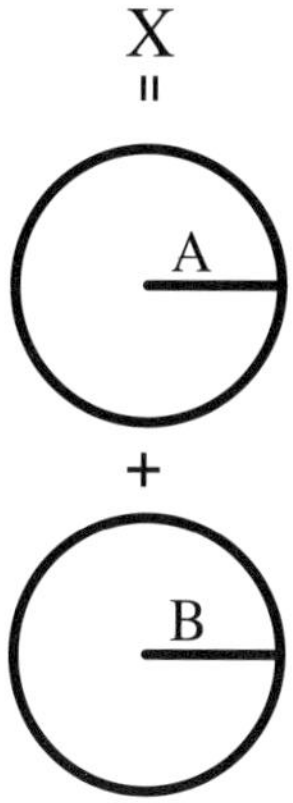

如果將兩個傳統圓的半徑加在一起，所畫出的面積比原先兩個圓的總和要大得很多，如：

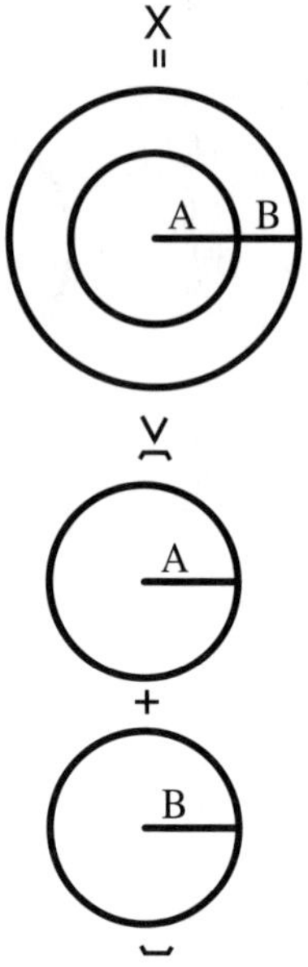

結果，這兩種情形皆沒有出現。因爲認同碑體的人批評帖派是無丈夫氣；而帖派則反諷碑派是過於武夫，於是形成對抗。

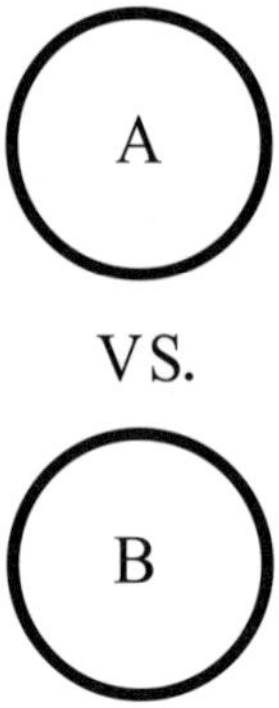

這種對抗創作心靈，本文稱之爲：對抗模式。因此，在過去三百年的對峙中，直到于右任的出現，他不是將這四元素個別加起來的和，即：

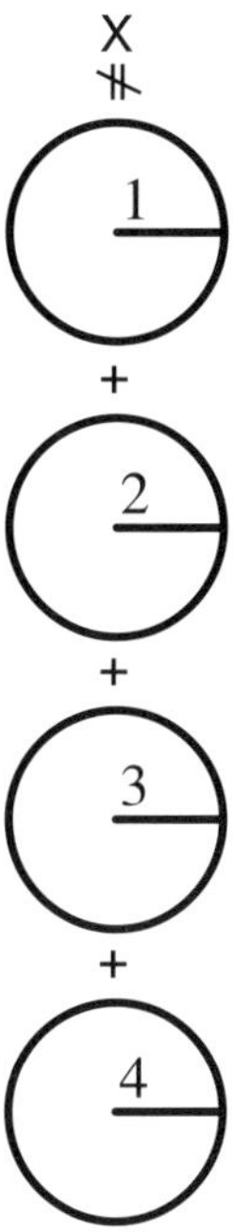

而他是糅和碑和帖的傳統，創新了標準草書的新形式，符合時代掙脫傳統束縛的時尚，以及完成個人特有的大氣磅礴風格。於是將四個半徑加起來成爲一個總半徑的和，即：

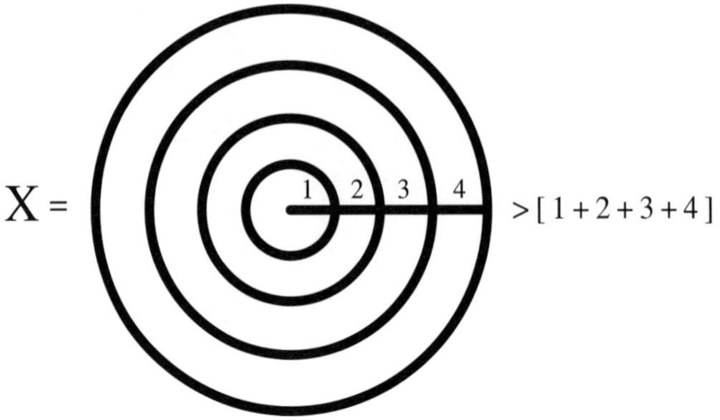

于右任將這創作四元素完成在他的草書之中，由傳統到創新傳統，而成爲千古一草聖，本文稱爲：新傳統主義的創作四元論。以上重新釐訂臨摹、創作及創作四元論的各項概念，藉此應用來回顧五四運動以來九十年期間創作模式。

三、回顧五四運動以來的戲劇創作模式

民國七年（一九一八）胡適的易卜生主義可算是揭開五四的序幕。易卜生《玩偶之家》（*A Doll's House*）的巨大影響，簡直可以將五四運動稱之爲易卜生運動。當時青年菁英一心傾倒西方戲劇的程度，可以媲美晉唐對佛學的信仰。民國八年胡適的《終身大事》一劇拉開模仿娜拉（Nora）劇型的劇本創作，接著推出一批娜拉的中國姊妹，其中不乏皆出自名家之手，這種模仿娜拉劇型，構成五四寫實主義戲劇的總體特徵。事實上，這種劇中的娜拉姊妹們是娜拉人格的拷貝，再好充其量也是易卜生的摹本，正如千年來書法只臨摹的像王羲之〈蘭亭序〉就像是書家，這種摹本只有五十元的價碼，他們加起來的總和能抵得上一本《玩偶之家》的創造價值嗎？能得到國際的重視嗎？這種以模仿爲創作的心靈來看，就是有了王羲之做了依靠，也正如有了易卜生的典範，當然也成了「戲劇家」了。

在認同西方戲劇的同時，這些領導社會的菁英，徹底的詆毀傳統戲劇到一文不值的地步。

轉引一段：

《新青年》同人起先是從舊劇表現形式的僵化、呆板等方面去批評舊劇的。錢玄同嘲諷舊劇的「臉譜」，說是和張家豬肆記卍形於豬鬣、李家馬坊烙圓印於馬蹄一樣的滑稽可笑；劉半農譏笑舊劇的「做打」，說舊劇中經常看到很多穿著髒衣服、盤著辮子、打花臉、裸著上體的人，擠在台上打個不止，襯著極喧鬧的鑼鼓，攪的人們眼花撩亂，頭昏欲暈；胡適說舊劇的虛擬表演是粗笨愚蠢、不眞不實、自欺欺人的做作，看了眞使人作嘔；周作人和傅斯年還認爲舊劇仍處在雜劇般「百衲體的把戲」的野蠻階段，做工機械，唱曲呆板。據此，他們又批評中國舊劇既沒有文學的高雅，又沒有美學上的價值。錢玄同甚至疾呼要把舊劇館「全數封閉」，把舊劇「盡情推翻」。

在這移植舶來品的過程中，看出時代菁英的創作心靈，一方面認同西方W，另一方面反對傳統戲曲C。這是一種典型對抗模式，以公式表示之：

C

VS.

W

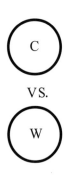

這種對抗強烈程度更惡化到你死我活的地步。他們這種認同外來文化，誤導「全數封閉」，「盡情推翻」的犧牲與摧毀傳統戲曲的自殘心理，難道我們還能不加檢討嗎？

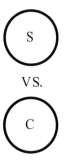

認同外來文化，係象徵著在創作能力上失去信心。抗戰勝利是五四運動最希望的成果，也應該恢復民族與文化的自信。其實不然，一九五〇年代，史坦尼（Konstantin Stanislavsky, 1863-1938）來了。在無比的政策力量指引下，全面學習史坦尼。這種全面認同外來文化，在中國歷史上是不曾有的文化現象。當然是無比的攻擊母文化。試看，在傳統戲曲的眼光中，虛擬化是一種獨一無二的表演特徵；但反對者認爲，這一套表演手法是「封建社會生產關係和生產力的反應」；所以，他是「原始的、落後的、刻板的、非寫實主義的」。把幾百年表演結晶貶爲「原始的、落伍的」，要完全放棄，好像不去挫傷傳統戲曲，就不是全心全意的蘇化。這正是認同史坦尼S，對抗傳統戲曲C，這又是一次五四運動的翻版：

S vs. C

一九六九年四人幫的文化大革命來了，在「工農兵出發」的政策執行下，嚴厲批評史坦尼及其體系，是「資本階級反動學術權威」、「文化痲醉政策產物」等，以批評史坦尼之流與追隨者是：一、公然主張取消黨委領導；二、極力抗拒黨的文藝方針；三、肆意黨的群眾路線及瘋狂反對毛主席文藝思想；最後，掃蕩史坦尼瘤毒。這次史所未有的清算一個外國文化，又是一次的對抗模式。

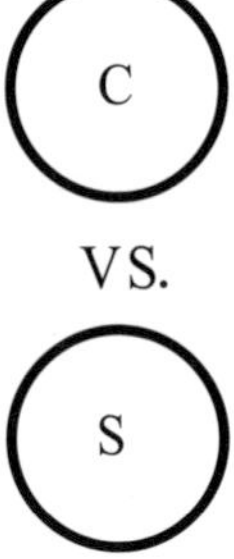

布萊希特B來了。布萊希特早在一九二九年來到中國，爾後產生三次布萊希特熱。第一次是在一九五九年，第二次是在一九六二年，這兩次是以黃佐臨的論述爲主，但已透露出「抑史揚布」的傾向。第三次是在打倒四人幫之後的一九八〇年代，參與者不乏知名之士，他們的文章中「貶史揚布」成爲一種重要的論點。凡是主張戲劇革新者，幾乎無不打著布氏的旗幟，利用布氏理論作爲理論的武器，一掃中國劇壇上寫實主義及其所奉行的史坦尼理論所一統中國劇壇天下。這一特殊發展可以看出兩個現象：一、以布氏對抗中國話劇的寫實主義；二、以布氏對抗史氏。這次的雙重對抗模式：

B vs. C；B vs. S

在這必須講句批評的話。以布氏對抗史氏的這種以夷制夷的方法，不論將哪一方定位爲優越者，可以斷言的是，皆無損於任何一方在國際上已獲得的地位。其次，這些文章立論的基點，要以布氏打倒第四面牆，利用非尋常化效果，以達成觀眾的清醒，來對抗史坦尼所建立的第四面牆，所產生劇場的幻覺。這就像打個比喻，以寫實主義畫派來批評抽象畫不能表達具體的對象物一樣，這種立論，在畫壇可以肯定的，是一種無知的笑話。

以上本文從五四以來學習西方戲劇的回顧，一次又一次的認同一個學習對象就引用來對抗另一個對象，亦即認同外來文化否定自己的模式。這種文化學習正如認同碑體就否定帖派的對抗模式基因的翻版。不幸的，都帶來一次又一次對抗傳統的災難。這種一而再的衝突對抗學習心智模式，將學習的精力全付諸認同他人否定自己，這是過去九十年來具有標準性的特質。不禁要問，結合兩種文化有如此的困難，還是要像碑帖對抗要花上三百年，才有一個于右任式的成果嗎？我們引用外國的例子做個比較。

在菲利普・悉尼爵士（Philip Sidney, 1554-1586）之後，約翰・德萊頓（John Dryden,

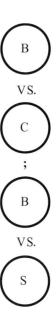

1631-1700）是推行亞里斯多德創作理論最主要的介紹者。他的《*Preface to Troilus and Cressida*》（1679），應是認知英國文學批評者所熟知。他是英國古典主義的先河。這篇序言開宗明義的指出，僅依據亞里斯多德悲劇定義，悲劇是一個單一的行動，無須第八章行動統一率的詮釋，就直言否定莎翁所有的歷史劇。如果依我們認同與對抗模式，德萊頓在認同希臘理論G時，就勢將對莎劇大加撻伐、無情的詆毀才對。相反的，他是無比的肯定莎劇，將傳流百世。他是一種選擇新文化的傳入者；同時，確立自己英國文化認同E，而不是對抗：

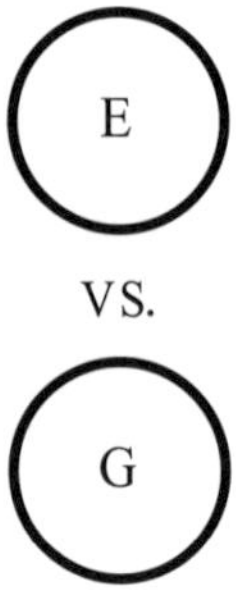

他的立論模式是相互包容：

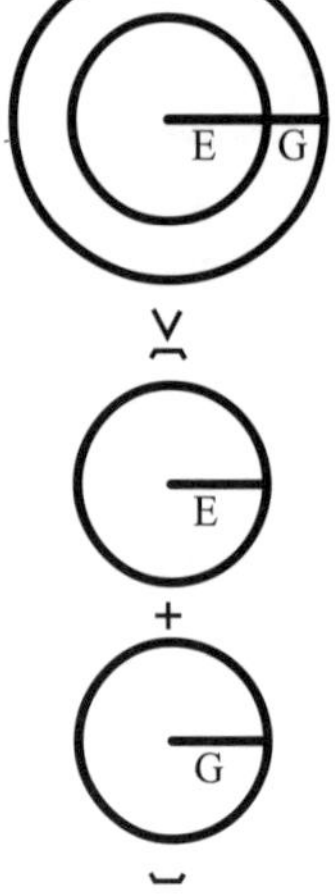

在他倡議下，僅不過經過幾位主要的理論批評家，就確定了莎翁，不僅是在英國，乃至全世界劇壇不可撼動的地位。我們以此爲借鏡，過去這九十年來認同外來西方而對抗中國傳統戲曲，一次又一次的摧殘，其結果是什麼呢？諷刺的，聯合國教科文組織認定崑曲爲人類非物質文化遺產，以及外國將傳統戲曲視爲世界重要表演體系的美譽。在另一方面，由於五四運動仰慕西方戲劇的成熟，他們認爲只有以西洋戲劇取代傳統戲劇，才能挽救戲曲，因而主張全面學習。現在一項令人驚訝的訊息，是在當前還能聽到具有學術界極爲權威職位的人士批評，在論述戲曲上，過於利用西方戲劇理論的主張。難道九十年以後，還要採取對抗模式，重蹈五四的覆轍嗎？這些愛國主義的論調，希望他們做出提升戲曲世界普遍性規律（包括李漁在內）的努力。

經過以上歸納五四對抗模式與英國的比較，還要進一步提出在文化交流中，教育擔任一個重要傳遞者的功能。在傳遞西方戲劇理論教育上，我們是如何認知的。

Jay B. Hubbell和John O. Beaty合編的《*An Introduction to Drama*》一書，枚舉最具影響力的戲劇創作理論：

一、Ferdinand Brunetière

二、William Archer

三、Henry Arthur Jones

四、George P. Baker

五、Brander Matthews

並選出世界名劇，作爲創作實例說明。這一系列的理論，這本書應是推動的源頭。自一九二七年出版到本人買到一九六四年已發行二十九版，可知這本書的實用性及其流傳之廣，影響之大。在我們教學中的認知，是Brunetière創造「意志說」；Archer則枚舉五個劇本*Agamemnon*、*Oedipus*、*Othello*、*As You Like It*和*Ghosts*來加以反駁。繼之，經Jones J的解說，一方面同意Brunetière B，一方面駁斥Archer A。依照這種敘述的方向（直到我的老師，似乎無不如此），仍然是相互對抗：

B VS. A；A VS. J

如果，以不完全是對抗的方式，充其量是各自爲單位，使戲劇理論X是將每一個加起來的總和：

X＝B＋A＋J＋…n＋1

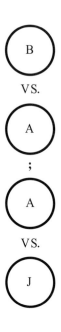

除以上三家之外，有的增加了Baker的理論。至於Matthews不知是什麼理由，就棄而不論了。

本人對西方戲劇理論發展史做一個通觀的認知，粗略的說，從1.亞氏創立行動論；2.黑格爾（Hegel）的衝突論；3.Brunetière的意志說；4.Archer的戲劇性與非戲劇性的危機說；與5.Jones的自覺性行動與非自覺性行動並存說等等，我們將他們每種理論視爲不完全歸納，但每一個不完全歸納理論並非相互或前後對抗：

1 VS. 2 VS. 3 VS. 4 VS. 5 VS. …n+1

也不是僅限於自身的不完全歸納價值：

1+2+3+4+5+…+n+1

相反的，是每一個補充另一個，使得每一個不完全歸納成爲更完美。如果以每一個選出的劇本所形成的理論，各有不同大小的半徑，那麼，它將戲劇總規律逐一的擴大到下一個戲劇理論的半徑，這個半徑總和所構成的直徑，造成擴大戲劇理論範疇的面積，不知道比原先每一個面積加起來的總和多出多少倍？

如果認爲本人的認知是正確的話，以上對過去九十年文化行爲，不僅化解每一次的對抗，而且是改變成爲相互並存的擴大成果，這是否要改變學習心態的模式，作爲未來戲劇國際交流的另一個方向呢？

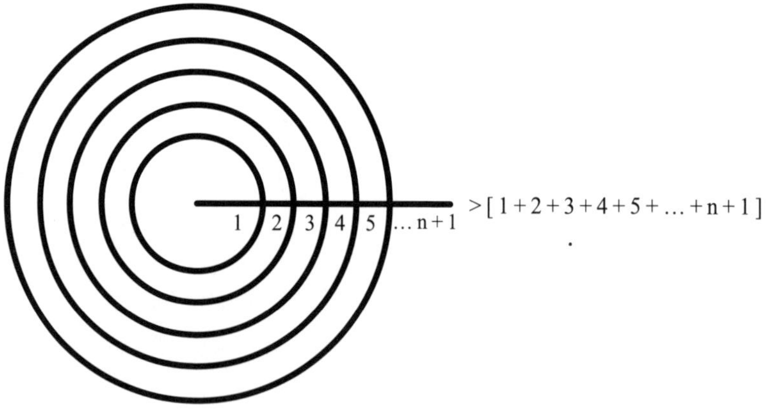

四、家庭是一切倫理行為的根本：回到人而非回到邏輯

什麼是一個文化的特質？幸好，中國文化在杭亭頓（Huntington）的世界文明分類裡佔有一席之地，足以成爲自我文化認同的基礎。各種文明各有特質，略言之，希伯來文化（Hebrewism）是主「信」爲特質導向（faith-oriented）的文化體系，其成就是宗教的信仰，如舊約聖經的絕對眞神信仰。希臘文化是主「理」（logical or intellectual-oriented）的文化體系，它表現在理性邏輯、數學、科學……那麼，在東方兩大文明，印度文化則是主「玄」（speculation-oriented）的文化體系，不要說什麼《奧義書》，僅是三千世界，十八層地獄，這種大膽的玄念奇想都不是任何其他文化所能項背的。在這三大文化特徵中，中國文化主信不及希伯來，主理不及希臘，主玄不及印度。那麼，中國文化特質是什麼？就是主「情」（理）的文化體系。本文繼而比較希臘文化主理與中國文化主情的文化特質根本差異，在戲劇行動事件的表現上，所表現的人文精神與關懷，究竟有什麼具體民族性的差別？

家庭是一切倫理行爲的基礎。在中國文化中，孔子做了這個定位：

葉公語孔子曰：「吾黨有直躬者，其父攘羊而其子證之。」孔子曰：「吾黨有直躬者異於是，父爲子隱，子爲父隱，直在其中矣。」（論語．子路篇．十八）

父爲子隱，子爲父隱，這個行爲是基於父子倫理之情，這才是對（直）的；而不是以法律，也非以推理講道理爲基礎。這就是中國文化以「情」理的根本，於是表現在一切人事之中，所謂法律不外乎人情。不論詩、曲、歌賦、小說，無不皆然；當然，戲曲也然。講出自己創作原則的人，在早期傳統劇作家中是不多見的。僅舉湯顯祖，生於嘉靖二十九年（一五五〇），卒於萬曆四十四年（一六一六）爲例，他幾乎與莎士比亞（1564-1616）同時，在萬曆二十五年寫完《牡丹亭》的第二年付刻的〈牡丹亭記題詞〉中，他說明這本創作的本意：

如麗娘者，乃可謂之有情人耳。情不知所起，一往而深。生者可以死，死可以生。生而不可與死，死而不可復生者，皆非情之至也。夢中之情，何必非眞，天下豈少夢中之人耶？

接著，在《南柯記》第四十四齣題目〈情盡〉爲：

一點情千場影戲，做的來無明無記。

再度宣示，創作是以「情」的哲理基礎。他的這個想法，在陳繼儒的《批點牡丹亭．題詞》中有以下敘述：

張新建相國嘗語湯臨川云：「以君之辯才，握麈而登皋比，何渠出濂、洛、關、閩下？」……臨川曰：「某與吾師終日共講學，而人不解也。師講性，某講情。」張公無以應。

他提出「情」的哲理，不僅是從他老師講性分開出來，而且從宋代四大理學家（周敦頤、大小程、張載、朱熹）的整體理學擺脫出來，更進一步與當時盛行的王陽明哲學，「百姓日用即爲道」中獨立出來，可見他主張戲曲創作以「情」爲根本，是經過一番大思辯論戰的結果。至於情有眞矯，而性無善惡，而情有之，這類論述就不去引論了，我們就將「情」字應用到一般戲曲，姑且不以《梁祝》爲例，僅以《秦香蓮》（又稱《鍘美案》）一齣人人皆知的民間通俗劇。

荊州陳世美入京赴試，中狀元，劉后喜其才，陳瞞過皇后，招爲駙馬。置家老小不顧，家鄉災荒，父母雙亡，其妻秦香蓮帶二子女入京尋夫，始得知實情。闖宮得見，陳世美不認，如果相認則爲欺君，罪不當赦，因而逐出宮門，並密派家將韓琪截殺，追至柳林池，秦告實情，韓不忍，乃放之，惟自念無以覆命，乃自殺。

適逢陳世美過生日，在這段小調琵琶宴中，座師王丞相力勸夫妻子女相認，如有罪過願爲承當。王丞相不是論法，而是論人情。陳堅拒不相認。不得已，秦香蓮帶子女到包拯面前控告陳世美殺妻滅嗣。包拯計招陳至衙，陳世美自恃國戚，強辭狡辯，包拯怒，欲鍘之。太后、皇姑力加勸阻，包拯不聽，鍘陳世美。

如果論法，重婚罪不當死；若屬欺君，有太后、皇姑、王丞相，死罪可免。而包拯如此大膽，竟敢冒犯天顏而鍘之者，乃係「殺妻滅嗣」的中國家庭倫理之情；所以，膽敢爲之。鍘了之後，觀眾滿足了他們認同的倫理之情，從來沒有觀眾指責這位愣頭愣腦濫權的包公是太過分。這是一齣典型希臘悲劇殺妻殺子的題材，但中國戲曲以情理結尾。包公受到觀眾的景仰，不是他執行的法律，而是盡了人之情，反而睥視那些玩弄法條的法官。

希臘文化發展以邏輯爲基礎，亞里斯多德正是這門體系的創造者，他的《創作學》成爲西方悲劇創作理論的奠基者，也係西方戲劇理論體系日臻完備的基礎者，兩千多年來，無出其右者。我們在學習中，在戲劇創作上，什麼該取，什麼該捨，這似乎可能是不曾討論過的議題。

亞氏的這套希臘悲劇創作原則，是創作者寧願將一件不可能的行動事件成爲必然、可能且可信的事件。這種情節結構就是建立在他的邏輯推理之上（本人所撰《亞里斯多德喜劇創作藝術論》一書中，喜劇原則幾乎是依據邏輯歸納而成的）。這種創作先要形成一個推理公式（參閱1460a17-26），再由《洗腳》得以驗證（1460a26-27）。

戲劇情節必須先有一個不合理的事件，也就是一個騙人事件，再經過錯誤邏輯推論，最後由三段論法，基於具體的物證經過揭發事件，產生逆轉，而導致整體情節成爲可能且可信的結果，《洗腳》就是明證。第十四章指出較優情節是「在做出行動事件時，行動者不相識；但在做出行動事件之後，才揭發身分而知道。事實上，他不會惹人討厭；而這種揭發事件，則令人驚嚇」（1454a2-4）。

這毫無疑問的是指《*Oedipus*》，被喻爲世界最完美的情節。那麼，上面的公式如何應用在本劇情節創作上呢？它要先有一個不合理的騙人事件，就是Oedipus有了Polybus、Merope作爲假父母，這根本就是一個騙人事件。Oedipus是由假父母處去尋找眞父母的過程中，反而殺死自己的父親Laius。當在第二場中（五一三—八六二），Jocasta告訴Oedipus，老王死於強盜之手，這也是騙人事件；況且，她的獨子早已死在荒山，實係未死；而當作已死，且信以爲眞，這屬謬論，即屬於錯誤邏輯推論。藉著Oedipus的查證，由揭發到逆轉是三段論法，他是使者來報告國王Polybus已駕崩，要迎接Oedipus回國登基。在前面兩個錯誤之下，具體的人證揭發Polybus和Merope原是假父母的前提，即已證明Oedipus弒父娶母，一個不可能的行動成爲可能的行動且可信的結果。一個完全符合邏輯推理的創作模式。

爲什麼發生悲劇？係出於行動者的性格。那麼什麼是悲劇人物的性格呢？所謂性格是指：

戲劇行動者雙方相遇在兩陣對峙的戰鬥或衝突事件中，展示他們彼此做出的（或說出的）行動事件的抉擇（或逃避），而產生那些恐懼與哀憐的情感。

做出錯誤的抉擇中，產生哀憐恐懼事件，係緣於悲劇行爲過失（Hamartia, 1453a9）。而這種悲劇事件僅發生在至親之間，即兄殺弟、子殺父、父殺子、母殺子等等。例如Agamemnon殺死他的女兒Iphigenia以祭神（事實上未死）；而她的母親Clytemnestra爲女復仇，殺死丈夫；她的兒子Orestes爲父復仇，結果殺死母親。從這一系列的家庭悲劇看來，先是父殺女、妻殺夫、子殺母，以一個罪到另一個罪，即以一個大罪來懲罰一個小罪。這難道就是亞氏所主張的悲劇行動必然率嗎？高乃依（Pierre Corneille）提出這個疑問，而放棄模仿希臘悲劇行爲，結果創造了法國新古典主義的悲喜劇。相同的，這種行爲也不是中國家庭的倫理。因此，當讀希臘這種家庭悲劇時，總有一種慘絕人寰，感到極爲不愉快之感。

自一九二〇年代開始，中國劇壇極度推崇莎劇，這是五四運動中認同外來文化的一部分，這也是世界的趨勢。或許誇張的說，讚頌莎劇的頌詞，可能超過莎翁全集。如果對莎劇有所批評或不予認同，可能褻瀆莎翁。請原諒本文的放肆，舉《李爾王》這個例子，T. S. Eliot推崇它是莎劇四大悲劇中最偉大的一個。試問：一個如此濫權的老人，而造成所有劇中人物的死亡，這才是屬於悲劇的本質嗎？天地之間有這麼一個如此任性的父親，又何況歷經處事經驗的老王，能做出如此的抉擇；更令人驚訝的是，竟然有這樣兩位大女兒，還會有一點父子之情嗎？她們還算得上是女人嗎？更令人不能理解的是小女兒，竟然說不出一句恭維愛父親的話，以滿足她的父親。如果對別人或許可以諒解，不管怎樣他畢竟是自己的父親，這還有一點父女之情嗎？（特別是小女兒會受到特別的寵愛）我眞的不敢相信英國有如此耿直的貴族婦女。令人意外的，她竟然能爲這麼一位一無是處、不值一句恭維話的昏君、父親而死，觀眾能相信她是一個眞人嗎？這不但違背日常生活中虛僞現實的眞實，也不符合一般人性眞實。畢竟本劇造成全家死亡，是一個典型希臘式家庭悲劇結局。

莎翁的創作，出於他的天才，或許不是隨著亞氏《創作學》的理論，但源於西方文明的理性主義，是不可能排除的。依據亞氏：倘若致力於一個人是不正常作爲創新，而這種品格即提出確立之後，創作者必定將這位人物品格的不正常成爲正常（1454a26-28）。依據此，一旦將《李爾王》中的人物性格設立之後，依據情節事件，他們之間由訂立契約到破壞契約，是可以符合情節之間的邏輯推理，得出必然、可能且可信的悲劇結果。這齣家庭悲劇完全符合亞氏至親之間的悲劇行爲過失。這種自訂立契約到不執行契約，如果是發生在社會行爲之間，無情無義的外國人實在太多了，甚至是不孝的兒子，似乎尚且可以接受；至於若是父女之間，實在不近人情，及不近於中國家庭倫理的「情」。本人佩服莎劇的結構，但不近中國人倫之情，不是說中國就沒有這般悖情的父子，但我們不採用這種題材，也不喜歡這種劇本。

本人在此要特別強調，希臘式的家庭悲劇，不論是*Oedipus*或是《李爾王》，它們的情節結構建立在邏輯推理之上，已如上述。但不論亞氏如何解釋倫理學，家庭是一切行爲的基礎，是在家庭之中的倫理行爲。以中國人而論，是以講親情，而非依據邏輯推理。在中國主情的文化特質體系中，可以佩服*Oedipus*、《李爾王》的情節推理結構，但不合人情的倫理行爲，因而無法認同。至於看到國人仿照*Oedipus*的劇作，至感不快。難道在學習西方之後，就要求放棄我們自己文化主「情」的特質，反而認同西方推理，來對抗自己的傳統嗎？這是文化特質認同錯亂。本人要堅持未來戲劇的發展：回到人而非回到邏輯。更明白的說，創作要回到人的「情」，而非事件結構的邏輯推理。亞氏曾爲人下一個定義：人是理性的動物。它是希臘文明特質之所在，但它是一則明顯的悖論。本人仿造亞氏爲人下一個定義：人是有情的動物。中國人之中，不知道有多少無情的人，這則明顯的是另一個悖論，但主「情」是中國文化特質的所在。那麼，就讓這兩則定義的悖論，永遠爭論不休下去吧！只提醒創作者在學習西方，在文化認同上，不僅不能產生文化錯亂認同；更重要的，是自覺的維護自己的文化特質，否則，在文化衝突中，不自覺的已經被吞併同化了，那還能談戲劇的未來方向嗎？

五、新傳統主義：創作四元論

去年七月十九日在歷史博物館展出本人書展的演講中，表達了什麼才是這個時代的創作。我借用碑體與帖派的對抗，來比喻成爲亞氏的㈠體裁與㈡形式的傳統創作二元論，再加上㈢時代精神與㈣不可取代的創作者特質，成爲創作四元論，並舉于右任的草書爲例，闡明構成書法創作的新傳統主義。本文擬借用此創作四元論，以討論戲曲未來發展的方向。

在傳統的體裁與形式二元論中，不論哪一創作元素改變時，就產生新的創作。比如，希臘悲劇的創作是沿用神話題材，但轉變爲悲劇表演形式時，就創造了一代的文明。同理，從唐傳奇的體裁轉變成宋諸宮調、南戲、元曲；再由元曲、南曲轉變成崑曲、明傳奇，而盛行幾百年；再由從上午演崑曲，下午唱皮黃而產生了京劇。這些就創造出了一代又一代之文學，皆是沿用相同行動事件，換成不同的表演形式，成爲創作一代文學的規律。這些皆屬於傳統創作二元論的範疇。本文曾提及五四運動時代，在學習與臨摹易卜生，而產生一批中國娜拉姊妹。

這些是娜拉人格的拷貝。如果這個類比的論述可以理解且接受的話，我們一代有一代的文學創作總規律下，人物性格一成不變，在原有衝突事件所做出的抉擇，仍然是一個模子，如《鍘美案》中的陳世美、秦香蓮，仍然是陳世美、秦香蓮，只不過唱腔不同而已。這就是本人反對以任何形式表演《刺字》或《陸游與唐琬》的創新劇作。因爲這都是在現代舞台上演古人，哪怕陸游與唐琬都穿牛仔裝，仍然是古人人物性格殼裡的寄生蟹。因爲在這四元創作論，這些傳統主題的再現，能有任何這個時代的精神嗎？試問：當今世界任何文明社會價値裡，還有這種母親或這類婆婆嗎？正像僅能摹得〈蘭亭序〉，再像也不是創作者，而是一個象徵文化衰退的館閣體而已。既然缺少時代精神，也就更談不上具有創作者不可取代的特質了。

在過去九十年的戲劇創作中，確實產生了不少的好劇作，如《野豬林》能達到情節與性格的統一，是經得起西方戲劇理論的考驗的；或在脫胎換骨時期的《團圓之後》，新舊道德倫理行爲的衝突，被英國學者喻爲創造出中國的莎劇悲劇。這些也皆展示某種程度的時代精神，但還不足成爲一種不可取代的創作者特質。選一則範例而言，或許契可夫那濃濃憂鬱思念過去時光的美好，是表現個人特質不錯的選擇，但本人還是選擇在經過第二次大戰之後，布萊希特的《高加索灰闌記》，他可能更接近這個時代精神，較易於瞭解他個人的特質。

故事《高加索灰闌記》是改編自元曲李行道的《灰闌記》。在當時一定被認爲是一部了不起的劇作，裘利安（Stanislas Julien）在一八三〇年譯成法文。我們將元曲作爲創作的第一情境，經過布氏的再創作，使它成爲不朽之作，這是如何造成的呢？

這齣元曲的情節是馬均卿的妻子無子，與姦夫毒死親夫，爲奪佔丈夫家私，設計與妾張海棠爭子奪產，投訴於包公，各稱己出。包公令張千以石灰「在階下劃個闌，著孩兒在闌內，著他二婦人拽著孩兒出灰闌外，若是他親養的孩兒便拽得出來……。」即誰能拽出者，勝者爲生母。在「俺倆硬相奪」的結果，妻屢拽屢出，而生母拽不出。包公指責稱：「我看你兩次三番不用一些氣力拽那孩兒，令著打。」張海棠道出這段申訴：

> ……生下這孩兒十月懷胎，三年哺乳，嚥苦吐甜，餵乾避溼，不知受了多少辛苦，才抬舉的他五歲，不爭爲這孩兒兩家硬奪中間，必有損傷，孩兒幼小，倘若或扭折胳膊，爺爺，就打死婦人，也不敢用力拽他出這灰闌外來，……

於是包公判定張海棠爲生母，這是判定血緣。他判案的理由是：

> 律意雖遠，人情可推。古人有言，視其所以，觀其所由，察其所安，人焉廋哉。你看這一灰闌倒也包藏著十分厲害，那婦人本意要圖佔馬均卿家私，所以要搶奪這孩兒，豈知其中眞假，早已不辯自明了也。

這是一個所有權歸屬的問題。兩陣對峙下，人物產生高貴品格。據此包公判案，不是憑藉法律條文的推理，律意雖遠，而是人情可推，基於人性的「情」理。它不見於今本包公案，所以，有無其事，已無從可考。或許就是李行道的創作，以中國人的看法，稱得上是通情達理。如果與舊約全書裡，兩個妓女爭子的相同故事，所羅門王下令把這個活小孩劈成兩半，各人得一半，這時生母愛子心切的說：「我主請吧！我主請把我孩子給那個女人吧！」於是所羅門王斷定她爲生母，被喻爲具有天主的智慧（舊約全書・列王記上卷・第三章十六——十八節）。或許布萊希特更認同本劇情節，所以在創作《高》劇時，完全保留本劇的第一情境。

布萊希特是如何處理這個所有權歸屬的主旨呢？在〈楔子〉裡陳述，原擁有山谷法律所有權的人，應在戰爭時期逃離了山谷；在這一段期間，有一群使用這山谷生產乳酪等的生產者，在戰後兩方爭議，誰是山谷所有權者。在布萊希特「反設計」的方法下，結果是使用者而非法律上的所有權者，因爲沒有永遠不變的法律。正如包公判案，雖然未必合法，但乃是近於人情的另一種抉擇。藉著由〈貴子〉到全劇，從女主角格魯沙（Grusha）「捉」一隻肥鵝到法官阿茲達克（Azdak）判案後，消失不見的「逃」走了。全劇情節是由一連串「捉」與「逃」的事件所組成的主題形象。布萊希特沒有忘記黑格爾的悲劇衝突論，人物性格的偉大是藉著事件衝突的偉大所展露出來的；人物品格的強度、深度與廣度，是要藉著行動事件的強度、深度與廣度來衡量的。本劇每一個「捉」與「逃」的行動事件，是一層層的加深格魯沙戲劇衝突的強度、深度與廣度的「善良誘惑多麼可怕」人性光輝，它涉及個人、國家、社會、法律、宗教及人性。試舉農民尤素普（Jussup）裝死，以「逃」避當兵打仗，這在戰爭中是多麼的眞實，多具有時代精神，他還藉著裝死「捉」到一個妻子，這是多麼狡猾人性的眞實，豈是《李爾王》三公主那種假設性的人性可以比擬的。無怪乎，本劇獲得超越莎劇成就的美譽。本劇是以一個中國傳統主題爲第一創作情境，當然具有傳統性，沒想到由布萊希特的再創作，提升到不曾有的高度，不禁有點鐵成金之嘆。編劇是依敘事史劇場形式而成，呈現史所未有的所有權時代精神，再加上他自己敘事詩劇場及從未有的非亞氏劇場，來表達他個人不可取代的個人風格。本劇正是本文所敘述創作四元論所希望創作出的新傳統主義的範例，本人多麼希望本劇是出自中國劇作家之手，以作爲中國戲劇未來發展方向的示範。在此附帶一提的，即在「貶史揚布」期間，難免有人論及史坦尼與布萊希特的差異。質言之，布萊希特是人物性格及人性的創作者（或塑造者）；而史坦尼是人物性格的表現者，充其量是位詮釋者。如果缺少各種不同劇作中的人物性格，史坦尼是無法表現的。藉此提醒自己，我們足以自豪的中國戲曲表演，是世界劇壇主要表演體系，但處在這國際交流的大時代裡，如果缺少偉大人物性格所做出的抉擇，不能呈現自己文化的特徵，再偉大的表演體系，皆會自行肢解成爲太陽馬戲團的一種表演元素而已。

六、結語

回顧五四運動以來，過去九十年的戲曲處境現象，歸納出一個創作規律，即認同一個外國文化，就否定自己傳統，造成戲曲的摧殘。本人認爲五四運動的前輩，是對文化無知的誤導，還以爲是一時的偏激現象。不料，這種認同外來文化，一而再的複製，顯然不是偶然的。再擴而大之，這種模式可以應用到各種生活行爲之中，小則可以到每一個人生活中不同認知的溝通，大可以到國家的體制。試看，每一次大的政治運動，不是產生可大可小的災難？

創作模式就是產生文化模式的基礎，爲什麼會產生創作模式呢？他的根本原因何在？它的答案是什麼呢？書法是中國人最普遍、最歷久的一項藝術，在過去三百年來的碑體與帖派之爭中，發現凡是認同其中之一者，則全力排斥另一種。難道這就是中國人的創作心理嗎？而代代相傳成爲創作者的創作基因嗎？創作模式是由創作心理來實踐的，這種創作心理是不健全的。

我不敢講這就是人類學上所說的深層文化的根本結構，我也不是心理分析學派的學者，至少，從碑帖三百年的經驗中，我認爲這是一種不正常的創作心態。我不敢稱它是一種病態基因，如果是的話，那它一定是可怕的基因。這不是戲曲界、知識界生病了，而是中國人從上到下都要大徹大悟的修正這個不良的創作基因。事後證明，五四運動的健將們缺少對自己文化的眞知，在這種基因之下，也就提不出宏觀的先見之明。沒有誰願意承認自己是無知的，但事後的事實，說明他們確實缺少西方的卓見。既然知道過去的缺失，爲什麼不學習約翰·德萊頓，讓我們創作的心理健全起來，磨合外來文化。不論史坦尼、布萊希特等都應正面學習，由對抗轉換成爲創造中國戲曲理論化的大助力。除此之外，本文提出，以Hubbell和Beaty爲例，在教學的介紹上，應從學生學習心理上做起，不是對抗，而是擴大理論基礎，產生正面教學傳播知識的效果，以增進創造能力的提升。

一個文化創作模式，就是創作心態所呈現的文化特徵。在此國際文化交流中，認清任何外來文化本質是必要的。我們欣賞亞氏的推論特質和莎劇的成就，但自我應知道他們文化特質的極致，什麼該取，什麼該捨。能瞭解他人才能眞正的認識自己——中國文化特質之所在。對外來文化是選擇而不是認同，不是跟著人家做什麼，而是自己要什麼。將外來文化的選擇反映在創作人物性格所做出的抉擇之上，這才是產生屬於自我認同的創作模式。太空衛星不是最頂尖的科技嗎？試看，太空衛星對撞，成了太空垃圾，更何況是過度包裝的知識販賣。在文化交流中，對一種文化特徵的選擇能不愼乎？所謂文化衝突，說得明白一點是文化吞併。如果缺少這份認知的能力，一味片面的認同，所帶來的文化垃圾，不僅不能滋養自己文化特質的成長，而是幫助吞併。如果不能認清自己自身「情」的文化特質，中國文化還存在嗎？

最後，如果將亞氏的體裁與形式二元論，視爲一項不完全創作歸納法的話，那麼，本文增加時代時尚與個人特質，就當作補充，藉以促成擴大或詮釋創作概念的範疇，構成所謂的創作四元論。而有別於，亦即已不在限於及不在重複拷貝傳統主題或形式，視爲新傳統主義。在未來的世界裡，戲劇所要呈現的，不僅是將不可能的行動成爲可能。在科技不斷更新之下，已經是將不可能的思想成爲可能的思想。更超出想像的是，將不存在的轉換成爲存在。各種不爲人所預知的心靈或對象物，一再地將出現在觀眾之前，創作者能不符合時代精神與內容的需求嗎？本文特別引用一具體的「核彈內的自由女神」，它是迄至目前，史所未有的自我毀滅主題，你能漠視嗎？藉此作爲說明時代元素的重要性，以及引用布萊希特的《高》劇說明創作者不可取代的特質。在書法上，于右任；在戲劇上，布萊希特，都已達到這四元論的成果，也是本文所希望的新傳統主義的創作未來發展方向。

三十年前，本人初任系主任，參加紀念五四運動討論會，我對當年曾參與五四運動的前輩，表達本人情緒的不滿。三十年後，本人做出文化創作模式行爲的回顧與歸納，可能過於簡單化，也可能是另一種的無知。但至少不希望，又有人批評我是概念混淆的製作者。至於是否正確，就更不奢望了，請諸位賜教。

INK PUBLISHING
文學叢書 366

可恥！我們狂歡吧！
——新編《十五貫》

作　　者　王士儀
總 編 輯　初安民
責任編輯　鄭嫦娥
美術編輯　陳淑美
校　　對　詹宜蓁　王士儀　鄭嫦娥

發 行 人　張書銘
出　　版　INK印刻文學生活雜誌出版有限公司
新北市中和區中正路800號13樓之3
電話：02-22281626
傳真：02-22281598
e-mail：ink.book@msa.hinet.net
網　　址　舒讀網 http://www.sudu.cc

法律顧問　漢廷法律事務所
劉大正律師
總 代 理　成陽出版股份有限公司
電話：03-3589000（代表線）
傳真：03-3556521
郵政劃撥　19000691　成陽出版股份有限公司
印　　刷　海王印刷事業股份有限公司

港澳總經銷　泛華發行代理有限公司
地　　址　香港筲箕灣東旺道3號星島新聞集團大廈3樓
電　　話　852-2798-2220
傳　　真　852-2796-5471
網　　址　www.gccd.com.hk

出版日期　2013 年 8 月　初版
ISBN　978-986-5823-25-2

定價　240元

國家圖書館出版品預行編目資料

可恥！我們狂歡吧！：新編《十五貫》／王士儀作，-- 初版 . -- 新北市：INK印刻文學，2013.07
228 面；15×21 公分． --（文學叢書；366）
ISBN 978-986-5823-25-2（平裝）

854　　102013319